剑宗读书法

金克木的习学之道

黄德海 著

作家出版社

黄德海

《思南文学选刊》副主编，中国现代
文学馆特聘研究员。著有《读书·读
人·读物——金克木编年录》《世间
文章》《诗经消息》《书到今生读已
迟》《虚构的现艺》《驯养生活》等。
曾获第八届唐弢青年文学研究奖、第
十七届华语文学传媒盛典·年度文
学评论家、第三届山花文学双年奖·
散文奖。

先生金氏，东西南北之人也。生于清亡次年壬子。卒年未详。曾居教席于小学、中学、大学，皆机缘凑合，填充空缺，如刊物之补白，麻将之"听用"，不过"拾遗""补阙""候补""员外"而已。又曾入报馆，为酬衣食之资不得不"遇缺即补"，撰社论、译电文、编新闻、主副刊，皆尝试焉。少年时曾入大学图书馆任小职员，为时虽暂，获益殊多。战时至西南，逢史学名家赠以恺撒拉丁文原著，谆谆期以读希腊罗马原始文献，追欧洲史之真源以祛疑妄。后有缘至天竺释迦佛"初转法轮"处鹿野苑，住香客房，与僧徒伍，食寺庙斋，披阅碛砂全藏，比拟梵典，乃生超尘拔俗之想。适有天竺老居士隐居于此，由"圯桥三进"谓"孺子可教"，乃试以在欧美学府未能施展之奇想，以"游击战"与"阵地战"兼行，纵横于天竺古文坚壁之间，昕夕讲论，愈析愈疑，愈疑愈析，忽东忽西，忽今忽古，亦佛亦非佛，大展心胸眼界。老人喟然叹曰：毕生所负"债"（汉译为"恩"），惟此为难"偿"（汉译为"报"），今得"偿"矣。"所作已办"，遂飘然卓锡远引，竟去不返。

——金克木《自撰火化铭》

目录

小 引

　　《读书·读人·读物——金克木编年录》完成后，我觉得把自己能力范围内能辨认出的重要问题，都放进书中了，本不拟再写跟金克木相关的文章。可老先生的读书和习学之路太独特了，对当下的教育问题启发良多，不单独掘发出来，草草看过太过可惜，因此还是不避嫌疑，连续写了七篇与此相关的文章，期望引起有心人的注意。

　　除了这连续的七篇，还有关于金克木香港佚文的一篇，跟这组文章关联紧密，就一起放入正文。附录三篇，是不同时期的文章。《尘灰里的大作》写于近二十年前，记当时读完《甘地论》的兴奋，虽经修改，难脱当时的生涩之感。《仿佛明暗山》是所编《明暗山——金克木谈古今》的代序，模仿老先生声口来写，当然只具形而难入神。《读〈金克木集〉随札》是七篇文章之外的笔记，不少问题很重要，但我无力写成文章，只好以札记的形式保留一点痕迹。另一篇相关文章，《有这样一个老头》，是所编《"书读完了"》的序言，很容易见到，也已收入《书到今生读已迟》，本书不再收入。因写作时间不同，书中部分引文略有重复，为免伤及单篇文气，就不再删简了。

书中文章，均与金克木的学习和读书方式有关，用"譬喻量"（upamāna）来说，部分可以比拟《笑傲江湖》中的"剑宗"——无论一个人的基础如何，都不妨尝试观其整体，深入具体，执今而为，如此方能抛却辎重，单骑直进。全书完成前后，有机构联系线上讲演，以《剑宗读书法猜测——从〈"书读完了"〉谈起》应之。录音稿拿到后，大加删削整理，眉目始得清晰，主题渐渐显现，因用为代后记，并采截以为书名。

副标题中的"习学"二字，似已成专门术语，这里是"学而时习之"中"学习"二字的倒转。朱熹注《论语》："学之为言效也。习，鸟数飞也。学之不已，如鸟数飞也。"鸟数飞正是卓越的仿效。习以引学，用此揣摩"剑宗"之义，或许可以得其仿佛。

印度的《奥义书》，原义是"近坐"（upanisad），意思是师徒坐在一起秘密传授。我们无缘亲随金老先生经行，当然也就听不到什么秘不示人的奥义，只能临风寄怀，遥想风标，用这些间接的文字来手追心摹——不知这能否算得上"虽不能至，然心向往之"？

黄德海

2021 年 9 月 9 日

家庭教育与时代消息

——金克木的"学习时代"之一

一

1985 年，三联书店出版了一本白色封面的小册子，题名《旧巢痕》，作者署辛竹。小册子看起来像回忆录，奇怪的是，书前"小引"的语气却显得在虚实之间："我有一个曾经同我形影不离的朋友。他喜欢自言自语似的对我谈他的出身和经历，说话时沉没在回忆之中几乎忘了我这个听话人的存在。这些断断续续的仿佛独白的谈话，本来不曾引起我的兴趣，而且听得久了更不觉有什么新鲜；却不料这位朋友竟先我而向世界告别；在怀念故友的心情中，我才渐渐把那些听熟了的片断故事和人物联缀起来。"

1997 年，文汇出版社重版该书，这次变成了评点本，在此前的基础上加了回目和评说，署名方式也变成了拙庵居士著、八公山人评、无冰室主编。熟悉金克木的人都知道，辛竹是他常用的笔名之一。他晚年编订附注的旧体诗集，集名为《拙庵诗拾》。《送廖君奉母东行兼呈相知诸友十首》自注有云，"'公山'指淮南八公山，故乡所在"。由此，则拙庵居士、八公山人均为金克木的化名，一人分饰两角，自作自评，自叹自笑。加上编辑吴彬假名无冰室主写"编者的话"，戋戋小册竟有了小说的感觉。

后来金克木曾自问自答，解释这本书到底是回忆录还是小说，更加混淆了作品的文体界限："小说体的回忆录，回忆录式的小说，有什么区别呢？真事过去了，再说出来，也成为小说了。越说是真的，越是要人以假当真。越说是虚构，越是告诉人其中有真人。"有意思的是，《旧巢痕》的评点里，还提到过写作的初衷，"写此书于七十年代末，为给上山下乡儿女知道前代的事，不为发表。过了三年才有出版之议，所以不像小说也不足为怪"。不过，无论金克木怎样混淆文体界限，这书底色的回忆录特征不会消失。值得琢磨的是，反复在文体上做文章，金克木想传达的究竟是什么？

1997年底，金克木为新书《庄谐新集》写序，提到自己晚年写作的因由："二十世纪七十年代末期，我发现自己身心俱惫，确已步入老境，该是对自己而非对别人作检查、交代、总结的时候了。于是我从呱呱坠地回忆起，一路追查，随手写出一些报告。"追查的各种问题，曾在《比较文化论集》自序中透露过："我从小学所受教育中得出一些问题：为什么中国这样一个文明大国却会受小得多的日本的欺侮呢？……为什么连文字都从中国借去的日本竟然能'明治维新'成功，而堂堂中国的'戊戌变法'却归于失败呢？……

我想，一定要知道华盛顿、林肯、拿破仑、俾斯麦、恺撒等人自己怎么讲话以及讲了些什么？总是想对于像中国和不像中国的国家追根究底，想懂得那里的人是什么样子，怎么生活，怎么思想的，以和我自己及周围的中国人对照。总是想追本溯源，看现代外国的所谓文明是怎么来的。"

金克木晚年写下的各种文字，差不多都可以看成这追查的结果："我追索儿时的问题，由今而古又由古而今，由东而西又由西而东，过了几十年；世界和中国都有了很大的变化，前面所说情况已成历史；问题也不能那样提了，但不等于解决。……这些文章可以说是我在七十岁时回答十七岁时问题的练习，只是一些小学生的作业。这些习作也算是我交给我的小学老师和中外古今的，可得见与不可得见的，已见与未见的，各种各样的，给我发蒙的老师们的一份卷子。"更重要的是，这个追查过程让金克木意识到，单靠书本无法完整认识世界，他长大后遇到的形形色色的人，原先"在中国所遇到的各种人也都是我的发蒙老师，教过我不少知识。这样我才自己以为有点'恍然大悟'，原来死的书本记录是要同活的人联系起来才能明白的"。

我很怀疑，金克木之所以有意含混《旧巢痕》的文体，就是为了开阔作品的理解空间，让读者在注意书本的同时留意人物，从而观察他身经的时代，综合考虑一个时期的基本社会风貌和人的各种潜在心理。《旧巢痕》从他出生写起，因为他"是在中国的新旧文化互相猛烈冲击中出生的。儿时所受到的家庭、社会和学校教育中充满了矛盾。在家里一面念'诗云''子曰'，一面认 ABCD"，古今中外的混杂思潮，具体而微地体现在一个小城的孩子身上。

二

明末清初农民大起义，社会动荡，金克木远祖自四川流落至安徽寿州凤台县。道光年间，高祖迁至寿州城内。太平天国末期，曾祖殁于苗沛霖攻打寿州之役，清朝明令褒奖，并恩赏其祖父秀才头衔。祖父"竟不肯借此进一步应考，也不肯利用这个去走动官府，却躲在家里不出来，只极力培养他的下一代独子。他自己四十多岁就死了。他的独子却考取了秀才，又补上了廪生，每月有官费，而且有资格给考秀才的童生作保人以取得报酬。他于是成了教私塾的教师，还常常做些诗文，有了点名气"。尽管不是世代书香门第，但从曾祖到父亲这一代，也算得上读书之家了。

1894 年，金克木父亲受老师之邀赴军中，未至而邀者已随丁汝昌、邓世昌殉国。为师理丧时，因表现仗义，获得推荐，从而结识军门，先后谋得几处"卡子"。"曾国藩和李鸿章在打太平天国和捻军时，为筹军饷设了很多'厘金'关卡，在水陆码头商旅必经之地设上'卡子'，派一个官吏，带上差人和扛枪背大刀的兵，拦路抽税。"从"卡子"上赚了一笔钱，金父"就照当时清朝的公开卖官条例，花钱'捐班'，买到了一个县官之职"，管辖地是江西万载。尽管是末代皇帝的末代县官，仍然不乏文字或口头逢迎，而即便从这些略显夸张的话里，也能感受到丰富的时代消息。如兴建近代机构，"兴警察军，设习艺所，建城乡中小学堂及师范传习所，预筹经费，规画久远"；如开办学校，"州治设中小学堂五所，八乡陆续增建，皆赖公督训而成"。

金克木出生的 1912 年，父亲五十九岁，生母十九岁。生母是江西万载县人，生于铁匠铺，为丫环收房。这一年中华民国成立，金父已不再是县官，且被扣押抄家。转过年来，金克木还不到一周岁，父亲就突然离世了。远在河南的异母长兄归来善后，并带回了包括大嫂在内的数口之家。

其时，依仗自己的联络之才，长兄的事业正如日中天。一位网罗人才的大公子发现大哥"不是寻常之辈，很有点经济韬略，杂学旁通，是封建传统中的非凡人物，绝非一个文人或学究。大概不消多日，两人心照不宣，大老爷弃文就武，由教书而秘书，由文秘书而武秘书"。因父亲去世，只好暂时回家"守制"，却"毫不犹疑地进行活动"。大嫂是官宦人家出身，见多识广，回家处理丧事，恰好英雄有了用武之地，"在两句话禀明婆母之后，她就一手掌握大权，安排一切"，其精明果敢有类凤姐。"不消多少天，在一对能干夫妇的全权指挥下，全家连同所有的家私一起上了大船，还挂上某府、某堂的号灯，浩浩荡荡由江西回安徽去了。"

回到安徽，大哥继续出门闯荡，大嫂留在老家。金克木身边的生母、嫡母、大嫂和二哥、三哥，就都成了他最初的启蒙者。三岁左右，金克木开始学说话，"我探索人生道路的有意识的学习从三岁开始。学说话的老师是从母亲到大嫂，学读书的老师是从大嫂到三哥"。生母最早跟金克木语言交流，"当她教我叫她那个写不出来的符号时，她是教我说话和对她做思想交流"。除了母亲，大嫂是教金克木说话的第一位老师，她"说话的特点是干净，正确，说的句子都像是写下来的。除了演讲、教课、办外交以外，我很少听到人在随便谈话时像大嫂那样说话。她不是'掉文'，是句句清楚，完整"。

这一家人说话，称得上五花八门。"我的生母是鄱阳湖边人，本来是一口土音土话，改学淮河流域的话。……嫡母说的也不是纯粹安庆话，杂七杂八。回到老家后，邻居，甚至本地乡下的二嫂和三嫂都有时听不懂她的话，需要我翻译。她自己告诉我，她的母亲或是祖母或是别的什么人是广东人，说广东话，还有什么人也不是本地人，所以她的口音杂。"大嫂是河南人，"讲的不是河南土话，是正宗的'中原音韵'吧"。两个哥哥和其他家庭成员，说的则是安徽寿州话。

这样复杂的方言系统，让金克木学说话的过程很有独特性，"我学说话时当然不明白这些语言区别，只是耳朵里听惯了种种不同的音调，一点不觉得稀奇，以为是平常事。一个字可以有不止一种音，一个意思可以有不同说法，我以为是当然。很晚我才知道有所谓'标准'说话，可是我口头说的话已经无法标准化，我也不想模仿标准了"。金克木后来没有任何畏难情绪地学各种外语，是否跟他从小习惯各种方言的转化有关？

学说话与学读书相关，"读书也是说话，当大嫂教我第一个字'人'和第一句话'人之初'时，我学习了读书，也学习了说话"。从此，大嫂开始教读《三字经》，"她梳头，让我看着书，她自己不看，背出两句，叫我跟着一字字念，念熟以后背给她听"。如此这般，上午读书成了金克木的日常功课。"他每天得一枚'当十'铜元，一直到他把整本《三字经》读完，没有缺过一次。中间大嫂曾反复抽查，让他连续背诵，都难不倒他。不过大嫂并没有给他讲内容，只偶尔讲讲，例如，'孔融让梨'，说，'融四岁能让梨'，你也四岁了，要学礼节。"过了将近三十年，金克木在印度佛教圣地跟憍赏弥念梵文诗，"开头他也是让我看书，他背诵，吟出一句原文，再改成散文句子，再作解说，和中国与印度古书中的注释一模一样，说出来的就是散文，吟出来的是诗"，让他恍然觉得和大嫂当年教他《三字经》的情形相仿。

这或许是印度和中国共同的传统讲授方式，背诵为主，讲解为辅，礼俗也渗透在讲解里？这种教学方式，受新潮影响的三哥不以为然，偶尔在回家时实行新式教育法。"在他念了一段书以后，上新学堂的三哥认为这样死背书不行，买了一盒'字块'给他。一张张方块纸，正面是字，背面是画。有些字他认得，有些字认不得，三哥便抽空教他。他很快念完了一包，三哥又给他买一包来。"这样新旧方式交替着教了一段时间，四岁多的时候，金克木"念完了《三字经》和一大盒'字块'，可是不会写字，不会讲"。按传统教育方式，《三字经》以后，应当是《百家姓》《千字文》《千家诗》，但这时发生了一件事，致使金克木的传统发蒙中断，教育转向了另外一条轨道。

三

1917年，金克木五周岁，三哥中学毕业后回到老家。有一天，大嫂在饭桌上向全家宣布，从今以后，金克木归三哥教。三哥是新派人物，过去只是偶尔回家，偶尔干涉一下传统教学，现在要全面接管金克木的教育了。走进三哥屋内，景象果然与大嫂等旧式内室不同，"有一台小风琴和一对哑铃。桌上放的书也是洋装的。有些书是英文的。有一本《查理斯密小代数学》，我认识书面上的字，不知道说的是什么"。每天早晨，三哥两手各拿一个哑铃，上上下下，"一、二、三、四"做早操。有时两手的铃还撞击一下，发出清脆的声音，所谓"哑铃不哑，代表新风气说无声的语言"。

三哥粗粗算了一下，金克木当时识字差不多有一千了，传统的"三百千千"，包括讲典故逸闻的《龙文鞭影》，都不够适应新形势，便决定按新式学堂的方法来教。于是上街买了一套商务印书馆的《国文教科书》，"比用'人、手、足、刀、尺'开头的一套还要古一些，可能是戊戌变法后商务印书馆编的第一套新式教科书，书名题字下是'海盐张元济题'。书中文体当然是文言，还很深，进度也快，可是每课不长，还有插图"。

选定了教材，三哥开始授课。"这书的开头第一课便是一篇小文章，当然是文言的，不过很容易，和说话差不多。三哥的教法也很特别，先让我自己看，有哪个字不认识就问他。文章是用圈点断句的。我差不多字字认识。随后三哥一句一句教我跟着念。他的读法和说话一样。念完了，问我懂得多少。我初看时凭认的字知道一点意思，跟着他用说话口气一念，又明白了一些，便说了大意。三哥又问了几个难字难句要我讲。讲不出或是讲得不对，他再讲解，纠正。末了是教我自己念，念熟了背给他听，这一课便结束了。"书中的文言，也让金克木熟悉了书本的说话方式。

尽管是新式教科书，但金克木对其中的选文并不满意。或者说，传统开蒙系统携带的礼俗教育，并没在新教科书中完全消失。在读这本教科书之前，金克木曾听嫡母念儿歌："小老鼠，上灯台，偷油喝，下不来。叫小妞，抱猫来，叽里骨碌滚下来。"生母也半说半唱地教他，"打起黄莺儿，莫教枝上啼。啼时惊妾梦，不得到辽西"。新式教科书上的两课也给金克木留下了很深的印象，一课是"鹬蚌相争，渔翁得利"，另一课卞庄刺虎是讲"两虎相斗，必有一伤"。这些故事给金克木留下的印象太深了，他晚年还常常想起。"小老鼠怕猫，黄莺儿唱歌挨打，鹬蚌、两虎相争，宁可让别人得利，这些便是我学读书的'开口奶'。这类故事虽有趣，那教训却是没有实际用处的，也许还是对思想有伤害而不利于处世的。"

新旧交替时期的常见情形是，新或旧的教育还没怎么展开，旧或新的干扰就先来了，最终是新是旧，要看谁更有权力主张。因为学习速度快，一套《国文教科书》金克木很快就要读完了。这时候，大哥要从外地回来，三哥赶紧中断了新式课本的教学，改教《论语》。这书跟《三字经》和新式教科书都不同，"没有图还不说，又是线装木刻印的大本子。本子很长，上下分做两半。上半都是小字，下半的字有大有小。大字的本文开头和中间有圆圈，这是标明章节的。句子不分开，句中插些双行小字注，读时要跳着念大字，不连贯。这书看样子就不讨人喜欢，内容更稀奇古怪"。

虽然内容古怪，大字的正文之外还有小字的朱熹注，但金克木念过《三字经》，对孔子和《论语》并不陌生。三哥略略介绍一下，他就明白了，照传统，这是经书，最重要，必须熟读。过去因为跟应考有关，传统的教法是连大字带小字一齐背诵，只许照小字讲解大字。三哥的教法跟传统不一样，"他说，现在不要应考了，不必念朱夫子的小字注了。至于上面那半截书的什么'章旨''节旨'之类批注都可以一概不管。三哥教得很简单，要求的是识字，能背诵，要能连续背下去"。背诵恰是金克木的特长，三哥也不要求拖长音吟唱，因此不一会儿就熟读成诵，当天就把第一篇的三句都背会了。

金克木学《论语》的速度太快了，教的内容很快背熟，字也都认识，完成后就趴在椅子上看三哥写字。三哥不便赶他走，就在他"念书的方凳上也摆上一块有木盒子的小砚台，一小锭墨，一支笔，一叠红'影仿'叫弟弟也写字，免得老早就放学或则总在他旁边好像监考试一样看他读书写字"。三哥要求金克木自己磨墨，拿笔把"影仿"上的红字一笔一笔描成黑字，"要讲笔画顺序，不能乱涂。更重要的是执笔要合规矩，拇指和食指捏在笔两边成为'凤眼'，中指和无名指分放在拇指和食指各一边，小指靠在无名指后边，离开笔头至少一寸，手腕要略略悬起"。

三哥用这办法把自己从被监控的状态中解脱出来，因为这可比念书难多了，金克木"忙习字的时间比念书多，而且每次都是满手墨污，写完就要去洗手。单是执笔法就练习了不少时候。这样，他就没工夫去和三哥捣乱了"。写的第一篇"影仿"，都是笔画少的字，"上大人孔乙己化三千七十士尔小生可知礼也"，复杂的"尔"和"礼"用简笔。即便不熟悉现代文学，也看得出来，这正是鲁迅那鼎鼎大名的《孔乙己》同名人物名字的出处。读到这里的时候，我不禁悚然一惊，仿佛看到孔乙己拖着他的破旧长衫，一步一步从古旧的书本，走进了复杂万端的现代社会。

四

随着识字渐多，金克木看三哥的室内情景，也为之一变，"三哥桌上摆的高高一堆线装书是《古文辞类纂》，只第五个字还不认得，也不知道这是著名的桐城姚鼐编的著名的古文选本。三哥这时也不大读古文，倒是叽哩咕噜常常读英文书。有几本英文书上有中国字，那是《华英进阶》"。这两本书，加上前面提到的《查理斯密小代数学》，恰好构成了当时教育系统中的古、今和文、理，也是三哥那代人常见的知识结构。

金克木翻过《查理斯密小代数学》，没读出什么头绪，三哥抽空开始教他学英文。"哥哥照他学习时的老方法教。先背《英字切音》，一个辅音加一个元音拼起来，顺序发音好像念日文字母表，不知是不是从日本学来的。再读本世纪初年的《新世纪英文读本》。'一个男孩，一个桃，一个男孩和一个桃。'都是单音节词，容易背，不过还得记住字母拼法。还要学英国人教印度人的《纳氏文法》，也就是'葛郎玛'。第一册很薄，第四册很厚，要求学完前两册。这可难了。开头讲的全是词类，名、形、代、动、状、连、介、叹。名称就难记，还得背定义。名词定义背了几天才会，还是拗口。……句子出来，更讨厌。'你是谁'要说成'谁是你'。是字也得跟着你变。先说是，你字还没出来，怎么知道跟谁变？怪不得叫做洋鬼子，讲话颠三倒四。……英国人的脑袋这么不通，怎么能把中国人打得上吐下泻？什么地方出了毛病？"

照金克木的说法，上小学前，三哥只私下教过他英文字母和几句英文，甚至说"我刚满十八岁来北平（北京）打算上大学时还不会英文"。这并不耽误金克木去北平前，通过读马建忠的《马氏文通》，琢磨出一种独特的英语学习方式："马氏虽是学外国文出身，文言文也写得不错，可是越读越难懂，不知道说的是什么。反倒是引的例子好懂些，有些是我读过的。于是我倒过来读，先看例句，懂了再看他的解释。这样就容易多了。灵机一动，明白过来。是先有《史记》，后有《文通》，不是司马迁照《文通》作文章，是马氏照《史记》作解说。懂了古文看文法，很有意思。不懂古文看文法，照旧不懂。……这样一开窍，就用在学英文上。不用文法学英文，反用英文学文法。不管讲的是什么，不问怎么变化的规则，只当作英国人讲的一句话，照样会讲了再记规则。说话认识字在先，讲道理在后。懂了道理更容易记。学文法先背例句，后背规则，把规则也当作一句话先背再讲。把外文当作古文念，果然顺利多了。接着索性颠倒下去。不从英文记中文，反从中文记英文。"

三哥不知道金克木用了这个方法，只是觉得奇怪，他的学习速度越来越快。"其实我用的是学古文的老办法，把外国文当作本国文，把本国文当作外国文。"这跟当时教育方法相悖的倒行逆施，大概学习效果颇佳，以后金克木"学什么文也用这种颠倒法。不论变化怎么复杂，我只给它列一张表作为参考，然后就背句子。先学会，后解释。文章在先，文法在后，把文法书也当作文章读"。

这样的效果，也让金克木确认了以受教者为主的教育方法，在以后的教学中经常应用。1932年，有朋友介绍金克木到山东德县师范教国文。师范课程中必须开教育学和儿童心理学，不料请金克木去的朋友选好课本，教了不久，突然离开学校，金克木只好接下这两门课。打开教材一看，心理学太浅，太陈旧，教育学又太深，并且都是用文言写的。应该是想到了自己学英文的方法，金克木便没有照本宣科，而是把两本教材"当作'国文'的补充读物教，着重讲语言，大略讲一下内容"。这一来，既"讲了课本，又讲了课本以外我所知道的有关知识"，顺利完成了教学任务。

1939年，经陈世骧介绍，金克木到辰谿桃源女中，教四个不同年级的英语，课本竟然"是四个书店出版的，商务、中华、世界、开明，各有一本，体系各各不同，编法互不一样，连注音方法都有三种"，真叫人为难。金克木急中生智，又用上了他琢磨出来的教育方法。"学语言不是靠讲道理，不能处处都问为什么，这个'为什么'，语言本身是回答不出来的"，因此决定"不以课本为主，而以学生为主，使初一的小孩子觉得有趣而高一的大孩子觉得有意思。她们一愿意学，我就好教了。我能讲出道理的就讲一点，讲不出的就不讲，让课本服从学生。我只教我所会的，不会的就交给学生自己，谁爱琢磨谁去研究，我不要求讲道理。我会的要教你也会，还要你学到我不会的。胜过老师的才是好学生"。就这样，金克木顺利渡过了难关。

其实，金克木究竟能不能教好，连介绍他的陈世骧都有些担心："起初我是不大放心的。有位朋友说，像你学的这样的英文能教中学吗？我相信你能教，果然教下来了。"这样的教学方式看起来出人意料，却是耐心摸索的经验之谈。虽然金克木自谦为"听用""救场"，我们却可以从中看到新旧交替之间的时代之机，见出一个人学、教之间的巧妙转换。

五

1918年，金克木六周岁，大哥临时从外地回来，顺便考查他读书的进度。考查的结果是，从《三字经》到《四书》，都背得熟练。大哥由此指导传统以记诵为主的读书顺序，"趁记性好，把《四书》念完就念《五经》，先不必讲，背会了再说。长大了，记性一差，再背就来不及了。背'曰若稽古帝尧'，'乾元亨利贞'，就觉得不顺嘴了。到十岁再念诗词歌赋、古文，开讲也可以早些。《诗》《书》《易》《礼》《春秋左传》，只要背，先不讲，讲也不懂。这些书烂熟在肚子里，一辈子都有用"。

大哥在家中住了一段日子，对金克木的读书又有嘱咐："你念书还聪明。我们家几代念书，不能断了'书香'。先要把旧学打好根底。……十岁以前，把《四书》《五经》都背过。十岁以后念点古文、唐诗、《纲鉴》。现在世道变了，没有旧学不行，单靠旧学也不行。十岁前后，旧学要接着学，还要从头学新学。……有些书，八股文，试帖诗，不用念了，你也不会懂。有些'维新'书，看不看都可以。有些大部头的书可以翻翻，不能都懂也算了。有些闲书不能看……小本、小字、石印、有光纸，看了，眼也坏了，心也坏了。记住，不许看。有不少字帖是很难得的，没事可以看看，但不能照学，先得写好正楷。……记住，不要忙着去学行、草、篆、隶。"

《四书》《五经》打底，练字从楷书开始，这是传统一步步打基础的教育。除了这些，大哥还讲起杂学："头一条是要把书念好，然后才能跟你三哥同大嫂学那些'杂学'。那是不能当饭吃的。可是现在世面上，一点不知道不行。要知道，有的事也要会，只是不准自己做。为了不受人欺负愚弄，将来长大了也许用得着应酬，但不许用去对付人。我们家历代忠厚传家，清贫自守，从不害人。"临行，大哥还专门给金克木讲了《诗经·关雎》，算是来自血亲的开蒙仪式："这是《诗经》，开头是《周南》，这是第一篇。记得孔夫子说的话吧？'不学诗，无以言。'我亲自给你起个头，以后三哥教。建亭来了，再由他教。我不教你念几句书，总觉得缺点什么。伯伯（按爸爸）要在世，他一定会亲自教你。现在我无论如何得亲自教你几句书。"

大哥离开后一段时间，大嫂让金克木助她理书。主要是弹词，《天雨花》《笔生花》《玉钏缘》《再生缘》《玉蜻蜓》《珍珠塔》《双珠凤》《庵堂认母》《义妖传》《缀白裘》等，还有两本棋谱，《桃花泉弈谱》《弈理指归图》，并《六也曲谱》一种。大嫂对金克木说的一番话，几乎是大哥谈到杂学的翻版，不过大哥多讽，大嫂多劝："念书人不光是要念圣贤书，还要会一点琴棋书画。这些都要在小时候学。一点不会，将来遭人笑话。正书以外也要知道闲书。这是见世面的书，一点不懂，成了书呆子，长大了，上不得台面。圣贤书要照着学，这些书不要照着学；学不得，学了就变坏了。不知道又不行。好比世上有好人，有坏人，要学做好人，又要知道坏人。不知道就不会防备。下棋、唱曲子比不得写字、画画、作诗。可是都得会。这些都得在小时候打底子，容易入门。将来应酬场上不会受人欺负。长大了再学，就晚了。"

理出这些书来，大嫂忽然来了兴致，或者是来了兴致才理出这些书来，要给大家唱书。唱的是《再生缘》，简单交代了故事情节，就开始唱。"大嫂的唱法很好听，不知是什么曲调。大体是相仿的双行七字句对称调，有三字句夹在中间便三字停顿一下。虽然有点单调，却并不令人厌倦。到后来小弟弟成了大人，学了咏诗，听了戏曲，也没弄清大嫂唱的是什么调子。那既不是旧诗，也不是江南弹词，又不是河南坠子，更不是河南梆子（豫剧），离昆曲也很远，却像是利用了咏旧诗七律的音调，改变为曲子，也可能是大嫂自己的创造。听的人一半是听故事，一半是听音乐。"

大嫂的唱书，金克木印象很深，后来就此反思文化的流转方式，"中国的读书人在全人口中从来就为数不多。我们的文化传统也是靠口传的比靠文字书本的多。唱书说书不是仅对文盲有吸引力，知识分子，不论低级高级，听书迷，爱听评弹大鼓的，也不少"。也就是说，这种唱书，是很多不识字人的知识和礼俗训练，让很多人虽是文盲却并非"书盲"。1940年代，金克木在印度听乡间人唱他们的史诗，印度的有识之士已经察觉到文盲快要兼"书盲"的危险信号，"假若文盲再加上'书盲'，视听全断，没有了说书人和听书人，各色史诗都不再传唱了，只剩下迎神庙会使人不致全盲于传统了，那会是什么样子？会不会史诗重演而不自知？以旧为新?"

大嫂开始唱书，金克木就跟着看。此后，得到大嫂允许，便把唱的《天雨花》一本本拿去，"他越看越快，没过多少时候，大嫂的摆出来的藏书已被他浏览了一遍，看书的能力大长进，知识也增加了不少。遇到不认识的字和讲不通的句子，也挡不住他，他会用眼睛一路滑过去，根本不是一字一字读和一句一句想，只是眼睛看。这和读《四书》《五经》大不相同，不过两者的内容对他来说都是似懂非懂"。后来，金克木找到家里的各种藏书，也用上面的方法来读，"他看这些文言、白话、正经的、不正经的，各种各样的书都是一扫而过，文字语言倒能明白，古文、骈文、诗词、白话，中国的、外国的，他都不大在意，反正是一眼看过去，心里也不念出字。大意了然，可是里面讲的事情和道理却不大了了，甚至完全不懂，他也不去多想。这一习惯是由于偷偷看书怕被发现而来的。尽管是正经书，也不许私自动，所以非赶快翻看不行。结果得了个快读书的毛病，竟改不掉了"。

大概在说了关于杂学的一番话不久，大嫂开始教金克木学曲和学棋。这个教育过程没有详写，能够知道的是，大嫂后来有了别的嗜好，对教金克木"下棋、吹箫的事不热心了；说是棋让到四个子，可以了，自己去学棋谱吧。曲子是学不会的，箫吹得难听极了，'工尺上四合'也分不清，调不准，不用学了"。金克木好像的确没什么音乐天赋，上小学的时候，弹风琴吹笛子也只是勉强及格。倒是跟大嫂学的围棋，成了他一生的爱好，因此结交了很多朋友，并写出了很多值得琢磨的文章。

六

除了上面提到的家庭成员，还有一个人算得上是金克木家庭教育的一部分，就是上面大哥提到的"建亭"。三哥准备去教小学，没有工夫教金克木了，可大哥吩咐的教学任务还没有完成，是否上小学也还得请示大哥。恰好，这时有个和三哥年纪差不多的本家侄子，也就是建亭，因无事可做，想教个家馆。三哥连忙趁机脱身，"便请他来，借给他这个小客厅作学塾，教小弟弟，也就是他的小叔叔。同时找了左邻右舍的小孩子，还有那位侄子自己收的几个大小不等的学生，正式开塾"。

金克木入塾读书时，离"五四"还有一年，私塾仍然是旧日模样，拜师仪式也显得颇为庄严肃穆。"开学时，客厅里四面摆着各色各样的桌椅，都是学生从自己家里搬来的。正中间一张条几，上有香、烛，墙壁上贴着一张红纸，上写'大成至圣先师孔子之神位'，左右边各有两个小字，是'颜、曾'，'思、孟'。条几前的方桌旁两张太师椅是老师座位和待客座位。……老师亲自点起香烛，自己向孔子的纸牌位磕了头，是一跪四叩。然后，三哥对弟弟努了努嘴，弟弟连忙向上跪下，也是一跪四叩。那位侄子老师站在旁边，微微弯着腰。小孩子站起身，回头望一望这位老师，略略踌躇，没有叫，又跪了下去。老师并没有拉他，却自己也跪了下去，不过只是半跪，作个样子。小孩子心里明白，稍微点了点头，不等侄子老师真跪下就站起身，老师也就直起身来。三哥紧接着朝上一揖，侄子慌忙曲身向上陪了一揖。这是'拜托'和'受托'之意。孔子和他的四个门徒好像是见证人。"

　　入塾之时，金克木除了背诵过上面提到的几种书，还念了《孟子》，读过《幼学琼林》，"是四六对句的骈文，专教一些典故，还由此学了一些平仄和对对子的常识"。拜师仪式结束后，侄子老师问读书到什么地方了，金克木答《周南》《召南》已经读过，该《国风》了。"老师翻到该念的地方，一句一句念，小孩子一句一句跟着念。念完了，老师说：'回位去念，念熟了，拿来背。'他一句也没有讲解。"接下来，老师一个个问下来，童蒙们读书进度不一，念到《三字经》《百家姓》《千家诗》《论语》《孟子》的都有。按"三百千千"到《四书》再到《五经》的顺序，金克木年纪最小，念的书却最深。

　　因为背书速度快，侄子老师命习字《九成宫》，然后温习读过的书。"整个书房里所有学生都是大声念各自不同的书，谁也听不清大家念的是什么；而且各有各的唱法，拖长了音，有高有低，凑成一曲没有规则的交响乐。亏得这位年轻老师坐得住。他还摊开一本书看，仿佛屋子里安静得很，或则他是聋子。这倒也许是一种很奇特的训练，使得小孩子长大了，在无论怎样闹嚷嚷的屋子里，他都仍然能看书写字。"以后去北平，有段时间跟朱锡侯和几个朋友住在一起，三个人学小提琴，拉出可怕的声音，金克木读法文巴尔扎克小说，对噪声充耳不闻，大概就是小时候打下的底子。

私塾教育没能持续多久，转过年来，金克木就随三哥去他任教的小学上学了，读书面貌有了很大的变化。其实无论大哥大嫂和三哥，还是侄子塾师的教育，主要都落实在书本上。对后来主张"读书·读人·读物"的金克木来说，书本以外人和物的教育也很关键，"不比书本小，也许还更大些"。不过，金克木童年似乎并没有多少值得提起的人和物的教育，或者他自己提到的少。只三哥的放风筝和种菊花，大哥的抓麻雀，算得上是难得的时光。十几年后，金克木在大城市的小酒店里吃到酱山雀，"他喝着酒，对面前的酒友讲儿时这件事；但酒友不以为异，却去说捉麻雀的方法；他们不能体会天天念《告子》没有任何小同伴和游戏的寂寞童年的心情"。

就在这样的寂寞中，金克木迎来了自己的第一个女朋友，带他看到了一个更大的世界。"她的小辫子上还扎着小小的野花。一见面就很熟。她带我到门外菜园中和麦田里，告诉我什么草，什么虫，这样，那样，全是我第一次听到的新鲜事。"不过好景不长，一两年过去，再见这个女朋友的时候，她"仍然梳着辫子，扎着野花，仍然和我一起出门玩，可是我觉得有点别扭，因为她走路一拐一跛，走不快了。原来她裹上了小脚。我在家中见到过的女人全是小脚。

我以为女人生来就是那样的。这时看到她那双尖尖翘起来只用后跟走路的小脚,才知道那是制造出来的。……我不知为什么从心底泛出一阵说不出的感觉,仿佛是恶心要吐。看到她长得比上次更好看,偏偏有这双怪脚,走路一歪一扭,变成了丑八怪的样子,于是我连大人的小脚也厌恶起来了"。对小脚的憎恨,金克木到老都丝毫没有缓解,这种感情甚至转移到了高跟鞋,可见制造出来的这双怪脚,给金克木留下了多么恶劣的印象。

不只是缠小脚的问题,《旧巢痕》里写了很多女性,从看到自杀的女人,到母亲,二姐,三姐,二嫂,到二哥的两个女儿做童养媳,甚至大嫂从深明事理到生出牌瘾,都显示出金克木对女性命运的关注。这些关注引出的是关心和反思,如他晚年所言,"从整体说,从全社会说,以性别分,女性是受男性压抑的。这是显文化,不容否定。同时,从局部说,从一个个人说,男性受女性支配的事并不稀罕。这是隐文化。应当说,文化是男女双方共同创造的,而女性起的作用决不会比男性小多少"。不知道是不是可以说,只有出现了这样的认识,人类才有了所谓进步的可能。也只有出现了这样的认识,那些在旧时代完全没有理由辩护的事,才有了被救赎的可能。

三次惊喜、一次会通和两次转折

——金克木的"学习时代"之二

一

幼年所学，根植必深，大多数人却可能终生不再想起。较少人随着认识不断深入，在不同的人生阶段触处会通，慢慢把幼年所学转化成切实的生命滋养。更少的人，愿意并有能力把转化的过程叙述出来。这些叙述隐藏在茫茫书海里，在某些特殊的时刻，有耳能听的人发现了，在习学的漫漫长途中获得启发性指示，将之作为路标。当然，再好的路标也并非必然的途径，差不多只是因指见月的那个"指"。

开头啰嗦这么几句，是觉得在此基础上，再来看金克木学六壬的故事，说不定会别有一番意味。

十多岁的时候，金克木翻检家中藏书，发现有关卜筮的书数种。讲奇门遁甲的看不懂，照周易占卜的《增删卜易》和《卜筮正宗》哥哥拿去学习，能上手而且有兴趣的，只剩下关于"六壬"的三部。"一是《六壬大全》，石印本，小字，几本合成一部，好像是集合而成，层次不清，看不明白。另一部也差不多，书名忘了。还有木刻本仿佛是两本合为一部书的比较简明，封面上写着《大六壬寻源》……这书使我发生兴趣，因为有许多'占验'的例子附在后面，带点故事性，从占卜天气到'射复'，就是卜出别人掩盖的东西，好像猜谜。"有兴趣不代表有可能，金克木不得其门而入。恰巧哥哥拿来一部《镜花缘》，"作者卖弄才学，借一位小姐的话讲了六壬占课怎么开始，说了'天盘、地盘'。她用另外一种话一讲，六壬书中入门口诀立刻明白了。我随即一步步排下去居然列出了'三传、四课'，再加上'神、将'。最后我竟能不写字而用手掌暗算，也就是古书说的'袖占一课'，全凭心中暗记那复杂的符号图形"。

自学六壬的故事，金克木大概颇为得意，因此反复提起，相关文章，除了上面引的《学"六壬"》，还有《占卜人》和《占卜术》两篇。《占卜术》讲哥哥学卜卦，"排来排去，算过来算过去，只能查出书上解说下判断，却说不上排得对不对，离开书，自己断不了案"。后来家里来了一位前辈，正碰上哥哥在卜卦。"客人一看便问了一句，顿时把他问倒。老者哈哈大笑，传授了书上含糊过去的诀窍，不过指点几句话。他恍然大悟，豁然贯通，已得要领，失去好奇兴趣，以后渐渐不再卜卦了。"这类实用性很强的术数之学，关键处书上常含糊其词，很难明白其中的窍诀。结合哥哥卜卦和自己学六壬的经历，金克木很快明白，这些练习，"不但锻炼记忆，而且要求心中记住各种条件，不但排列组合，

还得判明结构关系，解说意义，认清条件的轻重主次及各种变化，不可执一而断。……古来哲学家演易卦还是锻炼思维能力，和下围棋及做数学题是一个道理。对兵家还有实用价值。……怪不得八卦、六壬迷了几千年无数人，原来妙用并不在于占卜预测对不对"。

在《占卜人》中，金克木记下自己和哥哥的一次占卜比试。嫂子临盆，哥哥卜了一课，"断曰：必生男"。金克木"掐指一算"，"断曰：必生女"。孩子生下来，是女孩，哥哥说："看来是我的六爻敌不上你的六壬了。"金克木回答："不是这样。只因你一心想生儿子，所以明明阳爻变了阴爻，卦变了，你还照原来想的判断。文王还是灵，你不灵。"当然，金克木写这个并非为了说明自己算得准，更不是要提倡卜卦，而是借此指出，预测的重点在人不在卦，并强调变易的原则："占卜当然是求预知，可是灵不灵不在卦而在人。我是同哥哥闹别扭开玩笑。他想儿子，说是生子。我便说是生女。……记得当时我是在肚子里窃笑的，因为那一卦和那一课都是既可说生男又可说生女的。不但易卦，任何模式都是这样。如果连这个变易之'易'都记不住或不肯承认甚至不懂，那样算卦占卜只怕离游戏不远了。"

学会六壬近三十年之后的 1947 年，金克木已在武汉大学任教，因应学生邀在反饥饿反内战的"和平大会"上发表演说，"国民党反动当局出动大批军警，包围武汉大学，枪杀了三名学生，逮捕了一些学生和五位教授，造成惊动全国的'六一惨案'"。五位被逮捕的教授，金克木就在其中，三天后才得以出狱。6月4日，向达在报纸上发表了《说式》，因为不懂六壬，所以文中只讲到"式"的外形，未涉及应用。6月5日，看到这篇文章的金克木便写信给向达，"说明'式'是古代占卜用具，分为天盘、地盘，以天盘在地盘之上旋转，加上日、时、干支，求得'四课''三传'，旧称为'大六壬'"。向达将信摘出，在同一份报纸上发表，"并作了按语，说明原委，痛斥国民党反动派倒行逆施，对待学者和青年学生横加迫害凌辱。这一次我们两人不仅是学术交往也是道义上的朋友了"。在这篇《由石刻引起的交谊——纪念向达先生》里，金克木记错了写信的具体时间，并把文章发表时的名字《论"式"的应用》（《金克木集》未收），记成了向达的文章名，但大致情形没有偏离太多。

金克木谈到学六壬的地方还不止这些，随手的举例暂且不论，最早提到是在写于1935年的新诗《少年行（乙）》中，而《学"六壬"》完成已经1996年了。如此反复提及，当然不只是因为得意，更因为从中受益巨大，"我迷上'六壬'的那些时光，现在想来，并不是白费，实际上我是在受一种思维训练，是按照一种可变程序在实习计算，推算，考察，判断，然后对照实际情况检验原先从实际中提出的问题的解决是不是正确，符合"。其实前面说到的感悟也好，这里谈起的思维训练也好，说不定都是后知后觉的结论，最重要的现量（pratyakṣa，感觉所得），是人生中跟学习有关的第一次惊喜："我得到的满足是一种突然发现奥妙和自己学会本领的乐趣。这可以说是一种心灵上的一阵享乐吧？这是别的乐趣无法比拟的。""一闪念间觉得自己发现了一件又奥妙又新奇的思想路径，全身心出现了一阵快乐。"

二

在《泰阿泰德》里，柏拉图笔下的苏格拉底说，"疑讶之感原是哲学家的标志，此外，哲学别无开端"。这个严群译为"疑讶"（thauma）的词，有人译为"惊异"，更多人译为"惊奇"。亚里士多德的《形而上学》，也谈到哲学与惊奇的关系："无论现在，还是最初，人都是由于惊奇而开始哲学思考的，一开始是对身边不解的东西感到惊奇，继而逐步前进，而对更重大的事情发生疑问。"我不清楚柏拉图和亚里士多德的"惊奇"是否可以转换成金克木上面说到的"惊喜"，也不清楚"惊喜"的"喜"是否暗含着"不亦说乎"的"说"，能知道的只是，学六壬的惊喜，只是金克木一系列惊喜的开端。

小学快毕业，也就是十三四岁的时候，金克木看到了哥哥中学学过的《查理斯密小代数学》，"文言的译文，简单的入门，我半懂不懂看下去，觉得很有趣，好像是符号的游戏。看到一次方程式所做例题，我大吃一惊。原来'四则难题'一列成方程式就可以只凭公式不必费力思考便得出答案。什么'鸡兔同笼'，用算术和用代数解答是两套不同想法。同样是加减乘除，用数字和用别的符号竟能有这样不同。看到方程式能这么轻易解答算术难题，那一刻我真惊呆了。惊奇立刻变成一阵欢乐。是我自己发现的，不是别人教的，才那么高兴吧？"

两年之后，金克木插入凤阳男子第五中学初三班，备秋季考的高中学籍。因为在家中接触过《几何原本》，学数学时，对点、线、面的空间图形，没觉得有什么新鲜，"可是当先生在黑板上画出图形说明'对顶角相等'时我大吃一惊。一望而知的平常事居然要这样而且能这样一步一步推演证明，终于 QED'已证'。我在座位上忽然感到一阵震动。世界上会有这种学问！这种思想！"

跟数学相关的惊喜，虽然《学"六壬"》里只讲到两次，但从金克木的文章来看，其实不止此数，起码应该算上 1925年接触《混合算学》的一次："初级中学数学课按规定是，代数、几何、三角，三年分别各学一门。这书未经教育部审定，打乱了规定次序混合教。代数讲个头就接着讲几何，讲一段又回头讲代数，三角也夹在里面教。所以要讲画出一条线，有个方向，一头是正，另一头是负。若是画在一张画满了小方格的纸上，从左下角画起，就成为斜行向上的线，可以表示运动、变化，例如股票、物价的涨落，人口的增减，等等。这张纸便是坐标纸。这线便是'格兰弗线'。于是又要讲代数，又要讲几何，静止的表示空间的图形有了运动、变化同时表示时间了。这书是用高中才能学习的解析几何原理来讲初中数学。"

这些与数学有关的惊喜，时间相隔不久，且都跟抽象思维有关，不妨看做一次惊喜的不同表现，同属金克木的第二次学习惊喜。写《学"六壬"》的1996年，离开始感受到这特殊的惊喜，已经过去了六十多年，但金克木仍然清晰地记着当时的欢乐和震动，可见这些惊喜在他心里留下了多么强烈的印象。可是，并非每一次惊喜带来的震动，都会与人终生相随，潜能和天赋也未必都有机会尽情展现。虽然1930年代初，崔明奇发现金克木有数学头脑，鼓励他去北大听数学课，并揸掇他边学边译《大众数学》，可时代和家庭的种种牵制，对数学，金克木"只能是一瞥而过没有下文"，大概只有晚年用数学思维解读经典，算得上是这惊喜的余波。

功不唐捐，对金克木来说，这惊喜体验更重要的收获是让他意识到，"用高深的学理解说浅近的知识，或说是用浅近的知识解说高深的学理，很不容易，不过很值得做。记得老托尔斯泰说过：一种哲学的基本原理，若不能讲得让十五岁的孩子听懂，我就不承认那是哲学。这话说得当然有点过分，但好像也不无道理，因为他说的不是体系而只是原理"。对读者来说的幸运是，这用浅近知识讲高深学理的思路，金克木并没有局限在自己的专业领域，而是写作时始终考虑的问题："'通俗化'不等于科学普及工作，是提供要点的特殊的'通俗'工作，是本门专家不屑为而非本门专家又似乎不能为的工作。我觉得需要者既然是'俗人'，工作便可以由'俗人'自己做，因为'俗人'比专家更能通'俗人'的心理，有'俗人'求学的经验。自己觉得有一点学'通'了（可能不准确并有错误），不妨将自己所'通'来通向和自己同样的'俗人'。好在是提供参考并不是引导作专门研究，不会有多大坏处。"

这个思路的深层，其实是金克木写作当时对总体教育状况的担忧，因此才常在各种文章里提出可能的解决方案："我以为现在迫切需要的是生动活泼，篇幅不长，能让孩子和青少年看懂并发生兴趣的入门讲话，加上原书的编、选、注。原书要标点，点不断的存疑，别硬断或去考证；不要句句译成白话去代替；不要注得太多；不要求处处都懂，那是办不到的，章太炎、王国维都自己说有一部分不懂；有问题更好，能启发读者，不必忙下结论。这种入门讲解不是讲义、教科书，对考试得文凭毫无帮助，但对于文化的普及和提高，对于精神文明的建设，大概是不无小补的。"

我其实很怀疑，精通梵文的金克木虽然留下很多相关文章，且充满真知灼见，却没有让人觉得深不可测，甚至没有获得应有的认可，就跟他用浅近知识讲高深学理的思路有关，也跟他一直记着的惊喜有关。更何况，1980年代中期之后，金克木开始慢慢离开梵文专业，以深入浅出的文字在更广阔的文化范围里神游，斤斤以学术原创性或艰巨性为标准的人，恐怕连齿及都不愿了。但金克木处处为"俗人"着想的文字，却引导着他半自觉半意外地打开了他称为"无文的文化"的巨大空间，启发了诸多后来的研究者。要是不嫌夸张，我几乎想说，这一思路摆脱了比较文化研究中的冲击—反应模式，把文化冲击中主体的选择作为中心，关涉到所谓研究范式的变化——即便以快要成为诅咒的现下学术评价标准衡量，这还不够原创性吗？

三

　　形容人学识渊博的时候，我们常常会说到学贯中西、古今贯通，尽管很少见到如此这般的人物，却不妨碍我们想象有这样的完美者存在——即便绝大多数时候只是想象，但这个想象本身就可以是其意义。或者说，这类词语的存在，恰恰说明每个人或多或少都有过某些通贯性的经验。只是，这些通贯性的经验在呈现为最终的形态之前，没法提前断定是否同时会成为一个人的局限。更何况，即便有过这样的经验，也不是每个人都能如金克木那样，认出这经验的重要性，从而在文章中不断提起。

　　1927 年，北伐军打到长江流域，暑假期间，家里把金克木送到乡下亲戚家躲兵灾。在那里，金克木遇到一个在教会中学读书的男孩，两人聊得投缘，金克木从对方口中听到了很多自己原先不知道的事。更重要的事随之降临："有一天，我把书架上的五大本厚书搬下来看。原来是《新青年》一至五卷的合订本，他从学校图书馆借来的。他马上翻出'王敬轩'的那封抗议信和对他的反驳信给我看。我看了没几行就忍不住笑，于是一本又一本借回去从头到尾翻阅。"这一看不要紧，"我已经读过各种各样的书不少，可是串不起来。这五卷书正好是一步一步从提出问题到讨论问题，展示出新文化运动的初期过程。看完了，陆续和警钟辩论完了，我变了，出城时和回城时成为两个人"。

故事本来已经够传奇了，更传奇的是，这个自己取名警钟，又叫井中的男孩，还作诗为证："警世钟来警世钟，警醒世上几愚蒙？他年化众等木铎，此日如蛙处井中。"照金克木的说法，"我觉得这诗有点'打油'，而且口气太大。'木铎'是孔夫子。他竟自称等于圣人，不服气，我也作诗给他看"。结合金克木读《新青年》的感受，把诗里的"化众"改为"化金"，警钟岂不正起了木铎的作用？我猜，喜欢正话反说的金克木可能也是这么想的，"井中的警钟后来没再见到，也不知他还有什么业绩。至于我，若不是遇见了他，这一生会是另外一个样子吧？"这个自身思想还没有成熟的男孩，有没有点高手出现、点拨完毕便飘然远引的风采？

金克木说，这次会通前他"已经读过各种各样的书不少，可是串不起来"，那除了前面提到的六壬和数学类，他此前读的书都是什么呢？幸好有一篇写于1991年的《家藏书寻根》，大致可以勾勒出他当时所读（或所见）之书的情形。

书分几类，不妨以新旧来分。先说属于新学的部分："其中有梁启超编的《新民丛报》，一年又一年合订起来，是在日本印刷出版的。《饮冰室文集》上下两大厚册，前面有作者的西装半身像和《三十自述》，那是梁在三十岁以前的著作。还有些'作新社藏版'的新书，介绍外国来的新学。严复译的《天演论》好像是线装的铅印本。《群己权界论》

和林纾译的《巴黎茶花女遗事》等书就不是线装了。但康有为编的《不忍杂志》仿佛还是线装。""有一套《皇朝经世文编》收进一些洋务派的著作，是讲政治经济的。还有《富强斋丛书》教声、光、化、电，都是中外两人合译的。这些全是大部头。小本的《格致书院课艺》，记不得内容了。'格致'是'科学'的旧译名。另有线装铅印的《笔算数学》三本，有些古代题对我学算术很有帮助。"

属于旧学的部分，量大得多，花样也繁复，除了前面提到的卜筮书，还有"一套《停云馆法帖》折叠本，是明朝文徵明刻的。此外古书就是一部大丛书《学津讨原》……这丛书中我那时能看懂的只是唐代传奇如《甘泽谣》《剧谈录》，讲红线、聂隐娘的故事，宋人笔记如《梦溪笔谈》《老学庵笔记》等等也不全懂，其他书多半只能翻翻看。有一部《红楼梦》，不知是程甲还是程乙本。有不少《闱墨》，即《儒林外史》中马二先生之流选的中举中进士的考卷。……有《东莱博议》，可见学八股文之外要会写策论了。《纲鉴易知录》供给历史知识。供给典故的《事类统编》(《事类赋》扩大版）及《康熙字典》之类当然不缺。《古文辞类纂》及其续编表示桐城派仍是文章正宗。四书五经和经常给儿童念的书如《幼学琼林》反而不多。原因是这些如同小学课本，随背诵随舍弃。……此外还有医书《验方新编》……以及碑帖和拓片。当然大量的还是普通书，如《随园诗话》《两般秋雨庵随笔》之类"。"有成套的书如《皇清经解》，乾隆皇帝'御选御批'的《唐宋诗醇》《唐宋文醇》和《御批通鉴辑览》。……有《芥子园画传》给一些绘画样本。小说类的有一函《智囊补》，是冯梦龙辑的，还加评语。"

如此庞杂的书籍系统，学习方法不当，很容易像武侠小说里的初阶武士，接纳了太多能量却无法合理吸收，弄不好会引发身体和精神灾变。《旧学新知集·自序》谈起这次会通的时候，果然就讲到了这个情形："我胡乱看过的书比人家要我读并背诵下来的书多得多。于是我成了一个书摊子，成不了专门'气候'。我好像苍蝇在玻璃窗上钻，只能碰得昏天黑地。"幸好，契机无意间来了，"那是小学毕业后的一九二六年，我看到了两部大书。一是厚厚的五大本《新青年》合订本，一是四本《中山全书》。这照亮了我零星看过的《小说月报》《学生杂志》《东方杂志》。随后又看到了创造社的《洪水》和小本子的《中国青年》。我仿佛《孟子》中说的陈良之徒陈相遇见了许行那样'大悦'，要'尽弃其所学而学焉'"。此前泛滥无所归的阅读，至此焕发出光彩，"不料终于玻璃上出现了一个洞，竟飞了出来"。

虽然自序写到的时间跟《井中警钟》相差一年，自序中还多了《中山全书》(此后连类而及的不算)，但这两处应该是同一件事的不同表述，只是记忆出现了轻微的误差。让人略感疑惑的是，读《新青年》之前，金克木已经接触过新学，为何要到这时才有一旦豁然之感？或许如金克木所言，老一辈的知识分子，"要做官，要教书，不能不学应考，读经典，作诗文，但同治、光绪年间不能不懂一点'经世'了，不想只当'多磕头少说话'的大官了，于是想懂得'洋务'",因此作为经世和洋务的新学仍然是旧学范围？

四

时代日新又新，善于学习的人会从蛛丝马迹里辨认出领先的风气，如此才能更好地激发出自己的潜能。只是，怎样确认自己辨认出的风气是否领先呢？或许需要辨认出，《新青年》和《中山全书》进一步改变了新旧对立的格局，这个升级的新学系统，更多地容纳了旧学的元素？或许必须确认，这个更新的新学系统，是时代的大势所趋，旧学的能量必须倾注到新学里，才能得以重生？具体到个人，会通之后的金克木，要如何选择自己的习学之路呢？这些，恐怕要从他的两次学术转折说起。

1939 年，金克木在湖南大学教外语。暑假，金克木至昆明拜访师友，见到了早就认识的罗常培。"他知道我竟能教大学，很高兴，在我临走时给我一张名片，介绍我去见在昆明乡间的傅斯年先生，历史语言研究所的所长。"很快，金克木就见到了傅斯年，"在一所大庙式的旧房子里，一间大屋子用白布幔隔出一间，里面只有桌子椅子。'傅胖子'叼着烟斗出来见我时没端架子，也不问来意。彼此在桌边对坐后，他开口第一句就是：'历史是个大杂货摊子。'不像讲课，也不像谈话，倒像是自言自语发牢骚。'开门见山'，没几句便说到研究'西洋史'的没有一个人"。

金克木提出一位教授，傅斯年并不认可。"'不懂希腊文，不看原始资料，研究什么希腊史？'他接着讲一通希腊、罗马，忽然问我：'你学不学希腊文？我有一部用德文教希腊文的书，一共三本，非常好，可以送给你。'我连忙推辞，说我的德文程度还不够用作工具去学另一种语文。……他接着闲谈，不是说历史，就是说语言，总之是中国人不研究外国语言、历史，不懂得世界，不行。过些时，他又说要送我学希腊文的德文书，极力鼓吹如何好，又被我拒绝。我说正在读吉本的罗马史。他说罗马史要读蒙森，那是标准。他说到拉丁文，还是劝我学希腊文。他上天下地，滔滔不绝，夹着不少英文和古文，也不在乎我插嘴。我钻空子把他说过的两句英文合在一起复述，意思是说，要追究原始，直读原文，又要保持和当前文献的接触。他点点头，叭嗒两下无烟的烟斗，也许还在想法子把那部书塞给我。"谈话吸引了布幔里面的人，"忽然布幔掀开，出来一个人，手里也拿着烟斗。傅先生站起来给我介绍：'这是李济先生。'随即走出门去。……傅回屋来，向桌上放一本书，说：'送你这一本吧。'李一看，立刻笑了，说：'这是二年级念的。'我拿起书道谢并告辞。这书就是有英文注解的拉丁文的恺撒著的《高卢战纪》"。

拿到这本书，金克木"试着匆匆学了后面附的语法概要，就从头读起来，一读就放不下了。一句一句啃下去，越来兴趣越大。真是奇妙的语言，奇特的书。那么长的'间接引语'，颠倒错乱而又自然的句子，把自己当做别人客观叙述，冷若冰霜。仿佛听到恺撒大将军的三个词的战争报告：

'我来到了。我见到了。我胜利了。'全世界都直引原文，真是译不出来"。这个学拉丁文的过程，金克木记得清楚，也常在文章中提及，当然不是为了自我传奇化，而是强调这次学术之路上的转折之重要，即如《自撰火化铭》中所言，找到了一条可行的学术之路："史学名家赠以恺撒拉丁文原著，谆谆期以读希腊罗马原始文献，追欧洲史之真源以祛疑妄。"

从外来眼光看，或许可以说，金克木由这次转折，确认了追溯欧洲文化根源的路线，惟精惟一，"预流"于时代学术潮流之中。这路线即便在金克木1941年去印度之后，暂时也没有改变。"我虽到天竺，但那时印度还是大英帝国的殖民地。我脑中没有离开从罗马帝国上溯希腊追查欧洲人文化的老根的路，还不想另起炉灶攻梵典。"世事不由人算，半是被动，半是主动，尽管"发现希腊之中无罗马而罗马世界有希腊"，金克木也没能沿着追溯欧洲文化之路走下去，只"让后来得到的希腊语的字典、荷马史诗、《新约》在书架上至今嘲笑我的遗憾"。不过，尽管路线中断，但沿路追索的方式没断，在学习印地语的时候，金克木"又犯了老毛病，由今溯古，追本求源，到附近的帝国图书馆阅览室去借用英文讲解的梵文读本，一两天抄读一课"。转攻梵文可以说是金克木的第二次学术转折，在学习的过程中，金克木遇到了憍赏弥老人（法喜居士），也才有了第三次学术惊喜。

第三次惊喜真是难得一见——或者，难得一见有人在成年之后有这样的惊喜："再有同样的震惊和欢乐已经是一九四三年，我三十岁了。在印度乡间，在法喜居士老人的指引下，我随他一同去敲开波你尼梵文文法经的大门。这经在印度已经被支解成一些咒语式的难懂句子，本文只有少数学究照传统背诵讲解了。老居士早有宏愿要像他早年钻研佛经那样钻出这部文法经的奥秘，可惜没有'外缘'助力。碰上我这个外国人，难得肯跟他去进入这可能是死胡同的古书。在周围人都不以为然的气氛下，我随他钻进了这个语言符号组合的网络世界。那种观察细微又表达精确的对口头文言共同语的分析综合，连半个音也不肯浪费的代数式的经句，真正使我陪着他一阵阵惊喜。照他的说法是'还了愿'。我陪他乘单马车进城送他走的时候，在车上还彼此引用经句改意义开玩笑一同呵呵大笑，引起赶车人的频频回顾。"

或许是因为年龄，或许是因为时代更为剧烈的变化，三次惊喜之后，金克木说，"再也想不起还经历过什么同类的欢乐了。不知是不是'超越自我'失掉自己了"。这个说法是否确切，以后另写文章探讨。能够确切知道的是，跟憍赏弥老人深造梵文和巴利文后的金克木，回国后的研究和教学，大多与此有关。

五

应该是因为金克木天赋太出色了，对时代风气的感受也太敏锐了，他学习和领会的过程，如果不是这样一点点写出来，远远看上去似乎不费什么力气就成了卓越学者。何况，围绕金克木自学成才的传说太多了，多到我们有时候会以为他真的没有老师。可是，一个人真的可以完全自学成才吗，自学而来的一切又怎样判断是否准确呢？即便已经走到了时代的边际，如果没有特殊的老师指点，又怎么确认这边际是深渊还是新路呢？

从金克木晚年的很多文章里，我们其实很容易看明白，自开蒙到大学任教，金克木有过很多杰出的老师，包括从哥哥到小学校长在内的各种教导者，包括漂泊生涯中遇到的同事或朋友，更不用说前面提到的傅斯年和他确认为师的憍赏弥——"我必须感谢实质是'恩师'而不肯居其名的'法喜'老居士的指引。他仿佛古代高僧出现于今世。"——这两位，显然已不是杰出那么简单。

或许，惊喜、会通也好，转折、择师也罢，世界上原本就没有人人能走的通途，每个人总要学着找到适合自己的那条路。寻找过程中最重要的，恐怕不在于学的多少，而在于"运用之妙，存乎一心"的那个"用"，也就是六壬里"用神"的那个"用"——"我小时候还有时听到大人说'用神'这个词，意义广泛，好像是指关键的思考方式。'用神'一错，思考路数就错，也就是方向路线错误，一切都错，用力越大，错得越厉害。'用神'的'用'也许是从《易经》的乾、坤卦爻辞里的'用九''用六'来的。可能指'变爻''变卦'的'变'。不知道'用'什么'神'和怎么'用'，那还能不错？八卦、'六壬'并不仅是形式上的符号排列组合，重要的在于'用'。"

新旧与师从之间

——金克木的"学习时代"之三

一

大概因为只有小学学历，久在大学教书的金克木早就被传为无师而通、自学成才的典范，可是否可以就此说老先生没有师从呢？起码他自己不这么认为。在一本书的后记中，金木婴写到过父亲对此事的态度，"他从不承认是自学成才，总是强调他是有老师的，而且老师都是最好的"。那么，金克木曾经遇到过哪些老师，又给了他怎样的指点呢？

金克木的启蒙老师是大嫂和三哥，教他读书识字，三哥还教了简单的英文。八周岁的时候，三哥至安徽寿县第一小学教书，金克木也跟着去上小学。校长听三哥简单介绍了他的情况，便说："论国文程度可以上四年级，算数只能上一年级。好吧，上二年级。晚上补习一年级算数，一两星期跟上班。"当晚，哥哥便用石板石笔教金克木阿拉伯数字和加减乘除及等号。

金克木上小学是 1920 年，那时的县城甚至乡村，跟大城市的人才差别还不像后来那么巨大，小地方也有诸多有志之士。上面说到的校长，就是其中一位。"这位校长姓陈，是在日本打败俄国（一九〇五）之后到世界大战爆发（一九一四）之前的一段时期中不知哪年去日本的。他对于日本能成为东亚强国非常佩服。他去日本学到的主要一条是'日本之强，强在小学'。回国后，他又在几个大城市走了一趟，不去钻营什么差使，却回乡来当小学校长。他亲笔写下'校训'两个大字：'勤俭'，挂在礼堂门口上方正中间。"开学第一天对全体师生讲话，陈校长特意解释了校训："勤就是不懒惰。应该做的事情马上就做。俭就是不浪费，不毁坏有用的东西。要从小养成习惯，长大再学就来不及了。中国大人有贪图省事和糟蹋东西的坏习惯，所以受外国人欺负，被外国人看不起。一定要从小学生改起，革除坏习惯。"

当时"修身"课改为"公民"课，各年级都有，都是校长亲自教。有次讲课，陈校长提到"国耻"，再次强调了办小学的重要。"什么是国耻？就是日本逼我们承认二十一条，要我们亡国。为什么日本敢逼迫我们，侮辱我们？因为日本比中国强。日本地比中国小，人比中国少，为什么能比中国强？因为日本的小学生比中国的小学生强。我在日本看见到处都是小学。小孩子个个上学，不上学就罚家长。小学生的一切费用都是政府管。谁伤损了小学老师和学生就是犯法，要抓进监狱关起来。那时中国还没有小学。日本办小学不到二十年，小学生长大了，成了好公民。政府用他们打中国。

中国就打不过了。这时才办小学，已经迟了。还不快办，多办，好好办，让所有的小孩子都识字，照这样拖下去，十年二十年以后还是没有好公民，还得挨日本打，还会亡国。"

　　一个对自己所做之事如此清醒的人，当然明白教师对学校的重要性。"一个学校，房子再大，再好，桌椅再新，再全，若没有合格的教员，就不能算学校。……日本的小学教员都是全才。在日本教小学同教大学一样地位高。我聘请的教员也必须是全才，还要有专长，要比上日本。小学比不上日本，中国就没有希望。上大学可以去外国留学，上小学不能留学，必须自己办好。小学生比不上日本，别的就不用比了，都是空的。教好学生只有靠教员。没有好教员，我这个校长也是空的。"现在，距离陈校长说上面这些话，已经过去了一百多年，时移世易，"说话的人早已化为尘土了"。

　　强将无弱兵，这所学校的教师，也果然有令人心仪的开明态度，"教'手工''图画''书法'三门课的傅先生会写一笔《灵飞经》体小楷，会画扇面，会做小泥人、剪纸等玩艺儿……还上'园艺'课，种粮、种菜、种花；有时还在野地里上'自然'课。每年'植树节'都要植树。'音乐'课教简谱和五线谱甚至告诉'工尺上四合'中国乐谱；教弹风琴，吹笛子。……'体育'课有哑铃操和踢足球，还教排队、吹'洋号'、打'洋鼓'、学进行曲（当时谱子是从日本来的，译名'大马司'等）。小学也有'英文'课，不讲文法，只教读书识字，同教中国语文几乎一样。第一课教三个字母，拼成一个字'太阳'。后来还教'国际音标'。'算术'虽有课本，老师也不照教，从《笔算数学》等书里找许多'四则'难题给我们作，毕业前竟然把代数、几何的起码常识也讲了。老师们都恨不得把自己的知识全填塞给我们。'历史'课有'自习书'；'地理'课要填'暗射地图'。……在一个到现在也还不通火车的县城里，那时全城也没有多少人订上海的报纸和杂志，但是《东方杂志》《小说月报》《学生杂志》《妇女杂志》《少年》杂志和《小说世界》等，甚至旧书如康有为编的《不忍》杂志、梁启超编的《新民丛报》，还有陈独秀编的《新青年》等的散本，却都可以见到，总有人把这些书传来传去。这小县城的一所小学成了新旧中外文化冲激出来的一个漩涡。年轻的教员都没有上过大学，但对新事物的反应很快，甚至还在我们班上试行过几天'道尔顿制'（一种外国传来的学生自学教员辅导的上课方式）"。

教国文的老师，更显现出新旧之间的卓立之姿。"五六年级的教师每星期另发油印的课文，实际上代替了教科书。他的教法很简单，不逐字逐句讲解，认为学生能自己懂的都不讲，只提问，试试懂不懂。先听学生朗读课文，他纠正或提问。轮流读，他插在中间讲解难点。"这些油印课文是国文老师自己选的，"古今文白全有……这些文后来都进入了中学大学的读本。那时教小学的教员能独自看上这些诗文，选出来并能加上自己的见解讲课，不是容易的事"。选出的课文，有《史记》的"鸿门宴"，《老残游记》大明湖一段，龚自珍的《病梅馆记》，蔡元培的《洪水与猛兽》，老师都一一点出其中关键。即如《洪水与猛兽》开头，"二千二百

年前，中国有个哲学家孟轲"，改掉了两千年来对孟子的尊
称。老师讲，看起来一个称呼的改变，却"表示圣贤也是平
常人，大家平等。这就引出了文中的议论"。

二

1925年小学毕业之后，金克木没有继续在新式学校读
书，而是从私塾陈夫子受了两年传统训练。乍看到这说法的
时候，我想当然地以为，所谓传统训练，就是跟着老先生读
古书，四书五经，诸子百家，诗词歌赋，背诵加讲解，一路
这么读下来。经过如上训练的人，人们通常会说有旧学根
底。新式学校普及以后，这种受过传统训练的情形，几乎被
传为学有所本的特征，是学贯中西那个"中"的实际所指。

其实未必。照金克木的说法，传统训练不过是生存之
道，所谓的旧学根底，差不多只能算副产品。"从前中国的
读书人叫作书生。以书为生，也就是靠文字吃饭。这一行可
以升官发财，但绝大多数是穷愁潦倒或者依靠官僚及财主吃
饭的。……这一行怎么代代传授的？这也像其他手工业艺人
一样，是口口相传成为习惯的。例如'学幕'，学当幕僚，
没有课本口诀，但形成了传统，如'绍兴师爷'。从孔子的
《论语》以及孟、荀、老、庄、墨、韩非的著作和《战国策》
《文苑》《儒林》以至于《儒林外史》都有记录和传授，但看
不出系统。这是非得在那种环境里亲身经历不能知道，知道

了又是说不清楚的。……照我所知道的说，旧传统就是训练入这一行的小孩子怎么靠汉字、诗文、书本吃饭，同商店学徒要靠打算盘记账吃饭一样。'书香门第'的娃娃无法不承继父业。就是想改行，别的行也不肯收。同样，别的行要入这一行也不容易。"

把传统训练理想化的人，大概不愿意相信金克木的说法。不过金家四辈靠书吃饭，当然深知其中的利害关系。金克木受的传统训练，也正是这样的生存之具。当然，开始只是读古典。当时，金克木已经念过《诗经》《论语》和《孟子》，陈夫子问过之后，"决定教我《书经》。每天上一段或一篇，只教读，不讲解，书中有注自己看。放学以前，要捧书到老师座位前，放下书本，背对老师，背出来。背不出，轻则受批评，重则打手心，还得继续念、背。我早已受过背书训练，不论文言白话，也不吟唱，都当作讲话一样复述。什么'曰若稽古帝尧'，无非是咒语之类，不管意思，更好背。《书经》背完了，没挨过打骂。于是他教《礼记》。这里有些篇比《书经》更'诘屈聱牙'。我居然也当作咒语背下来了。剩下《春秋左传》，他估计难不倒我，便叫我自己看一部《左绣》。这是专讲文章的。还有《易经》，他不教了，我自己翻阅。以上所说读经书打基础，尽人皆知，还不是本行的艺业训练"。

本行的艺业训练从作文开始。"他忽然出了一个题目：《孙膑减灶破魏论》，要我也作。这在我毫不费事，因为我早就看过《东周列国志》。一篇文惊动了老师。念洋学堂的会写文言，出乎他的意料。于是奖励之余教我念《东莱博议》，要我自己看《古文笔法百篇》，学'欲抑先扬''欲扬先抑'等等，也让我看报，偶尔还评论几句。这是那几个高级学生还未得到的待遇。他们不感兴趣，因为他们不靠文字吃饭。这是入本行的第一步训练。不必干或不能干这一行的就要分路了。随后老师对我越发器重，教我作律诗，作对联，把他编选手写稿本《九家七言近体录》和《联语选》给我抄读，还讲过几首《七家诗》（试帖诗）。这好比教武术的传口诀了。"手稿本的内容，金克木提到过，"一本是《九家七言近体录》，选七言律诗，从杜甫、李商隐到吴伟业、黄景仁。另一本是对联，大体分类排次序，从祝寿、哀挽到殿堂、寺庙，附有一些带诙谐性的非正规的作品，如骂袁世凯的对联之类。……老师告诉我，联语盛于清朝，有两大家，前是纪晓岚（昀），后是俞曲园（樾），都是大学者"。

当然，行业训练也需要与时俱进。尽管陈夫子进过学，"即考中秀才或秀才预备班"，却并不冬烘，还订了一份上海《新闻报》，偶尔对从学者分析报上的文章。"虽然文章已用白话，他讲起来还像是有'起承转合'等等笔法，好像林琴南（纾）看出英国狄更斯的小说有《史记》笔法那样。表面上这脱离了传统，实际上正是传统的延伸。他虽在偏僻小县，只能看到几天以前的日报，也已感觉到报馆是靠文字吃饭的一条新出路了。书生化为报人是顺理成章的。报人不必是书生，他那时未必明白。"

这样两年训练下来，尽管不像新式学堂那样系统规范，金克木却另有所悟。"老师……往往用一两句话点醒读书尤其是作诗作文的实用妙诀，还以报纸为例。当时我不明白，后来还看不起这种指点。几十年过去，现在想来，我这靠文字吃饭的一生，在艺业上，顺利时是合上了诀窍，坎坷时是违反了要诀。这就是从前社会中书生的行业秘密吧？"

现今把写作看得无比金贵的人，恐怕不太会喜欢这实用性的说法，但实用性几乎是所有技艺的根基，作诗作文并不能够例外。甚至，如果没有一定的天赋或可能性，老师未必肯把与实用有关的关键话说给你听，只会教一些虚应故事的花架子。十八九岁的时候，金克木曾跟一位师傅学过拳脚，"他教我一套又一套花样，不教我练功；让我学一个又一个门派，不说他自己的门派。他认定我是来游戏，不是真学拳的人。我终于明白了。他没有收我做门徒，我也不是大弟子，大师兄。这样学下去也只是花拳绣腿打给外行看。我不属于他这一行，不是学拳的料。这也不是学拳的门路。我的拳打出去只怕连窗户纸也打不破"。由此，金克木明白了，"真要学什么，必须找到门道，入行。不得其门而入，转来转去还在墙外，白费劲"。

三

受过两年传统训练之后，金克木教过一阵小学，随后插入凤阳男子第五中学读了一段时间书，还从上海函授学校学习世界语。其时革命形势风起云涌，金克木替人送过油印传单，在宿舍里听同学们高唱《国际歌》，同事还曾对他背讲《共产主义 ABC》。替人传送情报时，因卖弄黑话，金克木被"毕校长"教训："黑话人人会学，单会这个只能唬外人。无论什么帮会都有自己的特殊东西不教外人的，不是光靠讲话。……记住了？干大事不是要嘴皮子。"

1930 年，或许是因为同事的鼓励，或许是为生活所迫，或许以上两个原因都有，金克木离家去了北平。这一去，除了两次短暂离开，金克木在故都住到了 1937 年抗战全面爆发。因为没钱，无法照理想的方式补习然后考国立大学，只好到各类图书馆去看书学习，随后又到各大学去旁听。虽然这些年中赶上过章太炎、鲁迅、胡适的演讲，听过钱玄同、黎锦熙、熊佛西的课，可金克木并没有跟他们建立师从关系，差不多只能算远远望见过而已。真正有效的教学关系，仍然是私下进行的。

有一天，金克木经过一家人家，见大门边贴着一张红纸条，上写"私人教授英文"，便交了钱去学。先是跟老师一起读了几天英文翻译的《少年维特之烦恼》，没领略到歌德的妙处，金克木决定放弃。老师推荐了《阿狄生文报捃华》，说这书英国学生都要熟读，"富兰克林学英文就是念的阿狄生"。没想到一下子读了进去，"果然这本书和他所知道的和想象的都不一样。越读越觉得像中国古文。他那时还不知道这也是英国古文。那种英文句句都得揣摩，看来容易，却越琢磨越难。明明是虚构的人物却活灵活现。又是当时的报纸文章，牵连时事和社会、风俗、人情、思想。又不直截了当地说，而是用一种中文里罕见的说法。他以为这大概是英国的韩愈、欧阳修吧"。于是金克木"认为这个矿非开不可，越不懂越要钻。一看就懂的也得查究出不懂之处来发问"。

学生的出色引发了老师的兴趣，仿佛啐叫醒了啄，"教学渐渐变成了讨论。讨论又发展为谈论。从文体风格、社会风俗到思想感情，从英国到中国，从十八世纪到现代，越谈越起劲，最后竟由教学发展到了聊天，每次都超过了一小时。甚至他要走，老师还留他再谈一会儿。后来两人都成为阿狄生在《旁观者》报上创造的那位爵士的朋友，而且同样着迷于谈论。两人都自觉好像在和十八世纪初年英国的绅士一起谈话。那位绅士，或则阿狄生，还有另一位编者斯蒂尔，也在旁边用写的文章参加。教学英文不是念语言文字而是跑到英文里去化为英国风的中国人了"。

这样发疯般学了一个月，为了省钱，也因为老师"不知不觉把自己在大学四年中所学的英文要点和心得给了这个学生，或则说被学生掏了腰包而自己还不知道"，金克木便告辞，说下月不再继续。"老师有点怅然。他说，以后不交学费，有问题也可以来问。一个月来已经成为朋友了，希望不要忘记他。他是大学英文系毕业以后教书，得了一场病，病好了家居休养，招几个学生在家教，却从未遇到过这样一个学生。据他说，不仅安慰了病后的寂寞，而且精神振奋，感觉到大学四年学的英国文学只是应付考试的表面文章和零星知识，学的都是死的，不是活的，以后要从头学起。"学生学得好，居然振奋了老师的精神，让老师检验出自己所学的不足，真是难得的好运气。这样的好运气其实是一种品质，"不是他教出来的，可以说是学生学出来的，真正说来两者都不是，而是共同发生兴趣结伴探险得来的"。

过了不久，金克木在《世界日报》中看见一则小广告："私人教授世界语。每月学费一元。宣武门外上斜街十五号。"因为有函授学习世界语的经验，金克木便照地址寻了过去，由此认识了"世界语老同志张佩苍，又由他的热心介绍而认识当时在北平的另三位世界语者。在家养病的蔡方选，在北京大学图书馆工作的陆式薇，在北平图书馆工作的于道泉"。金克木没有托陆式薇和于道泉借过书，"不愿利用别人的职务，使人为难"，还是张佩苍另介绍了几处图书馆，他分别去了解了一下。蔡方选则同意金克木去看他那一小架世界语书，"从此他又用那笨方法，把书架上的书一本本排队读下去。《安徒生童话全集》《哈姆莱特》《马克白斯》《神曲地狱篇》《塔杜施先生》《人类的悲剧》《法老王》《室内周游记》等等都是看的世界语本子"。

后来，生于广东的世界语者杨景梅到北平养病，金克木常常跟他见面，便"又有了可以算做老师的关心他的学习的人"，并由此认识朝鲜世界语者安偶生（Elpin）。"三人见面后决定放弃普通话、广东话、朝鲜话，只讲世界语。（世界语创立者）柴门霍甫的希望在这里实现了，尽管只是'昙花一现'。"交往多了，金克木慢慢明白，"世界语原来是有个理想的。有共同理想的同志和单是讲一种理想语言的同志是不同的。仅仅把语言作为一种工具或手段的又不一样。……这是什么，谁也没说出来。究竟是不是思想上有共同之处，并未讨论过，好像是'心照不宣'，不需要商标、招牌的"。

大约是1935年，杨景梅离开北平，临行，提出对金克木的希望。"'Estu verkisto！'世界语者杨景梅送我到他住的公寓房间门外时这样说，这句用世界语说的话的意思是，当一个作家吧。……我这时进学校没钱，没文凭，找职业没学历，做工当兵没体力，只有手中一支笔，不当文丐又干什么。所以杨君才那样说。"同时，杨景梅还对金克木未来的学习提出了一个有益的建议，"你要确定学一样什么。总要有专门；不能总是什么都学，没有专攻。至于做什么，我看你做什么都好，学什么都可以学好，只是要学一样。现在若一定要我讲意见，我看你可以先当著作家，这是不用资格只凭本领的。当一个著作家吧。在中国也许不能够吃饭，但也算是一门不成职业的职业，自由职业。我比你大几岁，阅历多些，希望你考虑我的话"。金克木以后的思考和写作历程，究竟算不算得上学有专攻，恐怕不是一句话说得清的。

四

杨景梅离开北平的1935年，因听邵可侣法语课，金克木结识在北京大学图书馆工作的沙鸥。经沙鸥介绍，得以入北京大学图书馆工作，并在沙鸥监督下学习新技能。"和我一同听法文课的沙鸥女士本是学图书馆学的，由严主任（按文郁）请去当阅览股股长。她出主意，请法国人邵可侣教授向严主任推荐我，她再加工，让我当上她的股员。于是我得到机会'博览群书'。她讲话是'中英合璧'，还会说日文，又学法文。她还逼我学英文打字，用她的打字机，照打字课本学。中午休息时把我关在她的办公室里，她出去吃饭，半小时后回来考察我的作业，放我走。"

　　金克木在北京大学图书馆工作的这段经历，几乎是一个传奇了。他与图书馆相关的事，也需要另外的文章来写。这里只说他在这期间认识邓广铭（恭三）的过程，金克木称其为自己学术上的"指路人"。"有一天，一个借书人忽然隔着柜台对我轻轻说：'你是金克木吧？你会写文章。某某人非常喜欢你写的文。'……从借书证上我看出这个人是历史系四年级学生邓广铭。我感到奇怪。我只有发表不多的新诗和翻译署这个名字，乱七八糟的文多半用不同笔名，而且是朋友拿去登在无名报刊上的。他说的那个人是谁，怎么会知道，而且告诉他我在这里？这个问题我没有问过他。他也不会想到有这种问题。从此以后，他来借书时往往同我说几句话。有一次竟把他的毕业论文稿带来给我看，就是他在胡适指导下作的《陈亮传》。……邓给我看论文是什么意思？我从未想起去走什么学术道路，也不知道那条路在何方。万想不到他是来给我指路的。"

　　与邓广铭交往过程中，金克木细读了傅斯年的文章，开发了思路。邓广铭带去的是傅斯年的文学史讲义，油印本，

"开头讲《诗经》的'四始'，说法很新，但我觉得有点靠不住。看到后来种种不同寻常的议论，虽然仍有霸气，但并非空谈，是确有见地，值得思索。现在隔了大半个世纪，内容几乎完全忘了，但还记得读他比较唐宋诗那一段时的兴奋。真想不到能这样直截了当要言不烦说明那么范围广大的问题，能从诗看出作诗人的心情、思想、人品，再推到社会地位、风气变迁，然后显出时代特征，作概括论断。尽管过于简单化，不免武断，霸气袭人，但确是抓住了要害，启发思索。……于是觉得，学术研究不能要求到我为止，认为我所说的就是最后定论。切实的研究恐怕只能是承先启后，继往开来，不断出新，而新的又不一定全盘推翻旧的。研究学术问题好像是没有终点。看来是终点的实在是新的起点"。

邓广铭毕业留校之后，金克木还由他而认识了邓的同学傅乐焕和张政烺，并向傅乐焕请教现代地图的画法。一晚上相谈甚欢，金克木觉得自己见到了"三个不通人情世故，不懂追名逐利的青年"，算得上学而有友吧："我发现他们虽然同班上课四年，所学却大不相同，都不是照着老师教的图形描画而是自辟道路。张熟悉古董古书。傅通晓中外史地。邓专心于中国中古史。可是彼此互相通气，并不隔绝。古典、外文，随口出来，全是原文，不需要解释，仿佛都是常识。他们对我毫不见外。明摆着我不懂德文和数学，也无人在意，好像认为会是当然，不会也没什么了不起。……后来我才知道，这种青年学者的风度不是随时、随地、随人都能见到的。"

邓广铭不光跟金克木交谈，还约他为毛子水主编、自己每月主持一次的《益世报》"读书周刊"栏目写文章。金克木说他现在只读外国书，邓说，"谈洋书也行。不过报纸是天主教办的，别沾宗教，莫论政治，小小冒犯政府不要紧"。后来，"周作人讲演，邓恭三笔记"的《中国新文学的源流》提出"言志"和"载道"，出版后引起古典小品的大量上市。金克木对邓广铭说，在他看来，"'言志'仍是'载道'，不过是以此道对彼道而已，实际是兄弟之争"。邓广铭鼓励他写成文章，这就是金克木"发表大文章的'开笔'"《为载道辨》。"将近万言，没署笔名，交给他。话虽说得婉转，对周仍是有点不敬，以为不会发表。可是全文登出来了，一字未改，占了整整一期。我没问他，毛子水主编和周作人对此文有什么意见。后来见面时他笑着说：'朱自清以为那篇文是毛子水写的。每月照例由毛出面用编辑费请客，四个编辑也参加。朱来了，对毛说，他猜出了那个笔名。五行金生水，所以金就是水。当然毛作了解释，说那不是笔名，是一个年轻人。'"

从1930年到1937年，金克木当然不止认识上面这些人，对自己有所助益的，还有王克非、沈仲章、崔明奇、曹未风、戴望舒、徐迟等朋友，有毛子水、吴宓、罗常培等师辈。中间因为喜欢上天文学，又跟写观星文章的沙玄（赵宋庆）笔墨相识，还见到过天文学家陈遵妫、张钰哲，陈介绍他加入了中国天文学会。抗战期间，金克木流落各地，跟萨空了、曾运乾、杨树达、傅斯年、李济、向达等都有或深或浅的交集，受益之处也所在多有。其中，傅斯年指出的追查欧洲文化根源的方法，曾运乾示范的传统治学方式，杨树达愤于国难而治公羊学，都对金克木产生了很大的影响。这个学习过程持续到1941年，金克木赴印度工作，自此开始了另外一段奇特的学习之路。

五

金克木去印度，是在北平认识的世界语朋友周达夫介绍的，到加尔各答任《印度日报》（中文）编辑。至印后，金克木和周达夫租屋同住。周达夫其时正在校勘梵典，一心拉金克木做伴。但金克木脑中"没有离开从罗马帝国上溯希腊追查欧洲人文化的老根的路，还不想另起炉灶攻梵典"。更何况，当时的梵典还多半在贝叶形式的抄本之中，金克木自觉"没有胆量去做这种沙漠考古式的万里长征"，因此对周达夫的劝诱不以为意。

周达夫没有放弃，不断从大学借书来给金克木看，还请一位印度朋友教他北方通行语即印度斯坦语或印地语。金克木也想了解一下环境，就接受了周达夫的安排。"不料知道的越多，问题越多"，书上讲的印度跟现实见到的并不相同，"于是我又犯了老毛病，由今溯古，追本求源，到附近的帝国图书馆阅览室去借用英文讲解的梵文读本，一两天抄读一课，再听周君天天谈他来印度几年的见闻，觉得'西天'真是广阔天地而且非常复杂"。学习梵文不久，金克木就从报社辞职，至鹿野苑过半出家人的清静生活，"攻梵典并匆忙迅速翻阅那里的汉译佛藏，因为我觉得不能不了解一下中国古人怎么跟印度古人凭语言文字交流思想的遗迹。结果是大吃一惊。双方确是隔着雪山，但有无数羊肠小道通连，有的走通了，有的还隔绝，真是一座五花八门好像没有条理的迷宫"。

这座迷宫可能将人引入动人的深处，却也可能把人丢进无望的歧途，对金克木来说，没有在迷宫里困住，是"幸而遇上了来归隐的憍赏弥老人（Dharmananda Kosambi）指引梵文和佛学的途径"。金克木见憍赏弥是1943年，老人跟他说："在这战争年月里，一个中国青年人到这冷僻的地方来学我们的古文，研究佛教，我应当帮助你。四十三年以前我也是年轻人，来到迦尸（波罗奈）学梵文经典，以后才到锡兰（斯里兰卡）寻找佛教，学巴利语经典。……都是找我学巴利语、学佛教的，从没有人找我学梵文。能教梵文的老学者不知有多少，到处都有。我四十三年前对老师负的债至今未能偿还。你来得正好，给我还债（报恩）机会了。学巴利语必须有梵语基础，学佛教要懂得印度文化。你想学什么？明天晚上七点钟来。"

憍赏弥老人，照金克木的说法，旧式称呼法名应当是法喜老居士。他1876年出生在果阿的一个乡村，是正统婆罗门。20世纪初，憍赏弥先到波罗奈，后去尼泊尔找佛教没有找到，转而南下斯里兰卡，得到妙吉（苏曼伽罗）大法师（1827—1911）晚年亲自传授巴利语经典，熟读全藏，并曾短暂出家为僧。后来回孟买，恰巧哈佛大学的伍兹教授为译解《瑜伽经》到印度来，同时为兰曼教授校勘《清净道论》寻找合作者。听说憍赏弥的经历之后，马上去拜访，交谈后向学校推荐。憍赏弥由此成为哈佛大学教授，与兰曼教授合作。后来，由苏联的舍尔巴茨基（金译史彻巴茨基）教授推荐，他又应聘为列宁格勒大学教授，只是受不了那里的严寒气候，过了一段时间便回国了。在苏联期间，他的思想起了大变化，对马克思和社会主义产生了信心，但并没有改变佛教信仰。回印度后，除继续研究外，还用马拉提语创作剧本。

憍赏弥跟甘地是好朋友，随甘地住过一段时间，"交流了不少思想。但甘地的住处是政治活动中心，他在那里无法长期住下去。甘地入狱，他便离开。有人为他在佛教圣地鹿野苑盖了一间小屋，布施给他。他才算有个退休落脚地点。儿女都早已独立了。他成为孤身一人，正如他自己说的，'以比丘始，以比丘终'。所谓'比丘'，原意只是'乞者'"。此外，他还研究和翻译过许多耆那教著作。后来，大概是因为耆那教的影响，并可能有病在身，憍赏弥决定通过自愿禁食（sallekhana）放弃自己的生命。甘地建议他到瓦尔达接受自然疗法，并重新考虑自己的决定。他听从甘地的建议，搬到印度西部靠近瓦尔达的塞瓦格拉姆去住，每天饮用一勺苦瓜汁。1947 年 6 月，金克木已经回国近一年，憍赏弥在禁食修行中辞世。

这样一个特立独行的人，即便有"还债"的愿望，也不会轻易选择受业人。照金克木的说法，"由'圮桥三进'谓'孺子可教'"。推究起来，大概憍赏弥比圮上老人还要苛刻一点。圮上老人给张良的是一个时间约数，而憍赏弥老人给金克木的是准确的钟点和一架走不准的闹钟，因此前两次都错过了。"第三次去时，先在门口张望一下那正对着门口的闹钟，才知道我们的钟表快慢不一样，他的钟还差两分。我站在门外等着，看见闹钟的长针转到十二点上，才进门。他仍然睁眼望一望钟，这回没有赶我走了。"当然，或许并非憍赏弥苛刻，而是圮上老人当时没有钟表，考察的是一个人观天知时的能力；而憍赏弥的时代已有钟表，考察的是一个人对不同钟表标示的时间相对性的敏感？

开始授课，其实金克木只是旁听，"英国优婆夷（女居士）伐日罗（金刚，这是她自取的法名）要我讲《清净道论》的'四无量'。法光比丘也来。你也来听吧。你学过一点梵文了，听得懂的。学佛教从'四无量'开始也好。'慈、悲、喜、舍'，知道吗？"当天晚上，听讲的三个人到齐，恍然如入幻境："女居士来了，一手拿书，一手举着一盏带白瓷罩的大煤油灯。锡兰（斯里兰卡）的法师一同来到，手里拿着一本僧伽罗字母印的书。女居士的书是罗马字本。我的书是印度天城体字母本。一部书有四种字母（包括缅甸字母就有五种）的印本，但暹罗（泰国）字母本放在书架上，老居士晚间不看书，因为眼睛不好，他也用不着看书。"

接下来的讲课，更是叹未曾有："和尚宣读一段巴利语

58

原文，老居士随口念成梵文，这显然是为我的方便，也就是教我。然后用英语略作解说，这是为了英国女居士。接着就上天下地发挥他的意见。他说眼睛老花，煤油灯下不能看书，全凭记忆背诵经典。有的句子他认为容易，就不重复说什么；有时一句偈语就能引出一篇议论，许多奥义，夹着譬喻，层出不穷。这也正是《清净道论》的特点。我才知道，原来印度古书体例就是这种口语讲说方式的记录。"讲授过程中，大家可以无拘无束地言笑，"我没有想到'四无量'真是'无量'。老师的讲解涉及全书，也就是巴利语佛教经典和信仰的许多方面，随口引用经文，确是'如数家珍'。他也可能是为了我，也可能是由于习惯，把巴利语词句常用梵语也说一下；这对还不熟悉巴利语的我大有好处。我从未想过'讲经说法'能这样生动活泼吸引人，简直是谈今论古"。

六

随着讲解的进行，金克木的梵文学习渐入佳境，对憍赏弥老人的知识结构有了更全面的领会："这位老人只用他所精通的一种印度古语和他自己家乡的一种印度现代语写文、著书，可是头脑中却阅历过三种截然不同的文化：美国资本主义文化，苏联社会主义文化，印度古代文化。他的书架上是全部暹罗字母的巴利语佛教三藏，还有印度古典，其中插着他在苏联时读的俄文《战争与和平》。他坚持印度古代文化中和平思想的传统，是公开地激烈地批评印度教最流行的圣典《薄伽梵歌》为鼓吹战争的书的唯一人物。"

或许是因为认识的深入，金克木不再只是晚上随人旁听，而是得以登堂入室。"熟悉了以后，白天也让我去，两人在大炕上盘腿坐着对话。他很少戴上老花眼镜查书。先是我念、我讲、我问，他接下去，随口背诵，讲解，引证，提出疑难，最后互相讨论。这真像是表演印度古书的注疏。……他一九〇〇年到波罗奈城，住在吃住不要花费的招待香客和旧式婆罗门学生的地方，向旧式老学者学习经典，主要是背诵，并不讲解，更不讨论。他说现在要把学的还出来，传给中国人；而且照已经断了的古代传统方式。"

教、学相得益彰，双方的兴致显然都被提了起来，不经意间抵达的某些深入之处，涉及了国际学术的前沿问题。"先是东一拳西一脚乱读，随后我提出一个问题引起他的兴趣。他便要我随他由浅追深，由点扩面，查索上下文，破译符号，排列符号网络，层层剥取意义。本来他只肯每天对我背诵几节诗，用咏唱调，然后口头上改成散文念，仿佛说话，接着便是谈论。我发现这就是许多佛典的文体，也是印度古书的常用体。改读他提议的经书，他的劲头大了，戴上老花镜，和我一同盘腿坐在大木床上，提出问题，追查究竟。他还要我去找一位老学究讲书，暗中比较传统与新创。……当时我们是在做实验，没想到理论。到七十年代末我看到二次大战后欧美日本的书才知道，这种依据文本，追查上下文，探索文体，破译符号，解析阐释层次等等是语言学和哲学的一种新发展，可应用于其他学科。"

金克木跟老人钻研的经典，除了上面提到的《清净道论》，还说到过《罗怙世系》和《波你尼经》。读迦梨陀娑的《罗怙世系》没写具体的过程，只留下在鹿苑斗室油灯下从鬓发皆白老人读书的形象。《波你尼经》就不同了，那真是奇特的授受之旅："这经在印度已经被支解成一些咒语式的难懂句子，本文只有少数学究照传统背诵讲解了。老居士早有宏愿要像他早年钻研佛经那样钻出这部文法经的奥秘，可惜没有'外缘'助力。碰上我这个外国人，难得肯跟他去进入这可能是死胡同的古书。在周围人都不以为然的气氛下，我随他钻进了这个语言符号组合的网络世界。那种观察细微又表达精确的对口头文言共同语的分析综合，连半个音也不肯浪费的代数式的经句，真正使我陪着他一阵阵惊喜。照他的说法是'还了愿'。"

跟随一位饱经世事且古今贯通的老人受教，收获绝不只是书本上的，更能领略异域文化诸多微妙而具体的细节。比如，"他提出对沙门的见解，更是他使我能亲见亲闻一位今之古人或古之今人，从而使佛教的和非佛教的，印度的和非印度的人展现在我面前"，这或许就是金克木后来写《古代印度唯物主义哲学管窥——兼论"婆罗门""沙门"及世俗文化》的支点。比如，为什么印度典籍中的"上"是指"下文"，不是指"上文"，"憍赏弥居士告诉过我：印度古人读的是贝叶经文。一张张长条贝叶叠起来横放在面前。读完一张便翻下去，下面一张露了出来，也就是升上来了。因此说'上'是指这张贝叶翻下去以后升上来的下文。在他们看来，一叠贝叶的'下文'是在'上文'的'上面'"。这样的细节看似无关紧要，却牵扯到不同文化盘根错节的内在差异，不事先弄明白，很容易费精力于无用之地。

憍赏弥老人还有很多故事可以讲，像金克木陪着老人大步流星的经行，像老人强烈的民族自尊，像他讲起的甘地轶事，都有一些新旧之间的转换消息，值得好好琢磨。憍赏弥老人的儿子高善必（D.D.Kosambi），是著名的数学家和历史学家，两人之间有很多交往，交流过较为深入的看法。在浦那的时候，金克木还每天听到住在隔壁的高善必讨论校勘。可以传为佳话的是，金克木两次翻译伐致呵利的《三百咏》，使用的都是高善必的校勘本。1952年，高善必来北京参加亚洲及太平洋区域和平会议筹备会议，金克木参与接待聚会，曾把自己的汉译本赠送给他。

与老人有某些联系，并跟其间的转换消息最为相关的，是金克木提到的印度现代"三大士"和"汉学"三博士。现代"三大士"名阿难陀、罗睺罗、迦叶波，"都为在印度复兴佛教而费尽心力"。"汉学"三博士指师觉月、戈克雷、巴帕特教授，他们学汉文为的是利用汉译佛教资料研究本国文化，留学的国家分别是法国、德国、美国，"研究本国的宗教、哲学、历史，甚至语言，都要去外国留学，才能得博士学位和当教授，这不是愉快的事啊"。或许是因为民族独立运动还在进行之中，而民族文化未能发扬光大，"三大士"

俱各忙碌，三博士忧心忡忡。

就是在这样的匆忙之中，迦叶波"大士"仍抽空为斯里兰卡的来印度的比丘讲过《奥义书》，金克木得以旁听。《奥义书》是印度教经典，原义是"近坐"，即师徒两人靠拢，秘密传授。迦叶波改信佛教后，不再钻研这类书，所以讲得飞快，"主要是讲解词句，不发挥，不讨论内容。讲书常有口头习惯语，不久就熟悉了。'懂了吗？''应当这样理解（如是应知）。''所以这样说。''为什么？（何以故？）'等等。讲书也有个框架结构，一段段都大致相仿，不久也听惯了。一对照原书的古注，再查看玄奘等译的经、疏，恍然大悟，悟出了古今中外的一致性，仿佛在黑暗中瞥见了一线光明，感到这些都不能完全脱离口头语言习惯"。

三博士中，跟金克木交往密切的是戈克雷，他们曾一起校写《阿毗达磨集论》。"他帮我读梵文，我帮他校勘。贝叶经文照片放在长几中间，我二人盘腿并坐木榻上，他面前是藏文译本，我面前是玄奘的汉译。起先我们轮流读照片上的古字体拼写的梵文。读一句后各据译本参证，由他写定并作校勘记。这书实际是一本哲学词典。不久我们便熟悉了原来文体和用语。我也熟悉了玄奘的。有一次在他念出半句后，我随口照玄奘译文还原读出了下半句，和梵本上一字不差。他自己读了汉译才相信。于是我们改变办法，尽可能用还原勘定法。他照藏译读出梵文，我照汉译读出梵文，再去用梵本三方核定原文。"让他们吃惊的，"不是汉译和藏译的逐字'死译'的僵化，而是'死译'中还是各有本身语言习惯的特点。三种语言一对照，这部词典式的书的拗口句子竟然也明白如话了，不过需要熟悉他们当时各自的术语和说法的'密码'罢了"。这一来，效率提高，尽管每天只能工作约一个小时，不过三个月，"他便将残卷校本和校勘记写出论文寄美国发表了。序中提到我，但没说这种方法"。

以上谈及的这些师友，金克木真正称为老师的，大概只有憍赏弥老人，在印度致沈从文信中谓，"在鹿苑得遇明师，梵文巴利文均入门"，后来回忆则言其"实质是'恩师'而不肯居其名"。不过即便是这位老师，金克木也没有追随很久，其中当然有各自的因缘际会——"可惜老人不久便离开……没有来得及随他进入他最熟悉的巴利语佛典"——恐怕也跟金克木对老师的认识有关："金先生和我说，他在印度求学，也没有在大学正式注册读书，而是探访名家。因为名家之为名家，也就那一点与众不同的东西，找他聊几次也就差不多都知道了，没有必要听很多课，那是浪费时光。"如此学习方式，到底是有师从还是自学，其实已经没那么重要了吧？

敢遣春温上笔端

——金克木的几篇佚文

一

已经快二十年了，写毕业论文的时候，我偶然从一本书中读到金克木的《为载道辩》。文章写于 1935 年 4 月，跟当年钱锺书《中国新文学的源流》和朱自清《诗言志辨》一样，都是为了回应周作人名噪一时的《中国新文学的源流》。不同于钱、朱以"诗""文"分属不同（"文以载道""诗以言志"）反对笼统的言志、载道之分，金克木考察"言志"和"载道"的内涵，并举周作人及其弟子的文章来解析，认为不可能做到毫不"载道"地"言志"，推出极端"言志"可能的悖论，思路清晰而锐利。忍不住好奇，我查了一下金克木写作此文的年龄，差不多只有二十三岁，便暗自感叹了一番。

1930 年代之前，周作人经常提到"故鬼重来"，"我相信历史上不曾有过的事中国此后也不会有，将来舞台上所演的还是那几出戏，不过换了脚色，衣服与看客"，"浅学者妄生分别，或以二十世纪，或以北伐成功，或以农军起事划分时期，以为从此是另一世界，将大有改变，与以前绝对不同，仿佛是旧人霎时死绝，新人自天落下，自地涌出，或从空桑中跳出来，完全是两种生物的样子：此正是不学之过也"。"我最喜欢读《旧约》里的《传道书》……'已有的后必再有，已行的后必再行。日光下并无新鲜事。'"不止周作人，鲁迅所谓"一，想做奴隶而不得的时代；二，暂时做稳了奴隶的时代。这一种循环，也就是'先儒'之所谓'一治一乱'"，所谓"'戏法人人会变，各有巧妙不同。'其实是许多年间，总是这一套，也总有人看，总有人 Huazaa，不过其间必须经过沉寂的几日"，说的不也是相近的意思？

后来的研究者，往往称这思路为"历史循环论的虚无主义"，但我总觉得哪里不太准确，因其中虽有历史循环的意味，但与相对主义导致的虚无却有很大的差别。因这疑惑，看到金克木文章中的一段话，顿有豁然开朗之感："周先生的思想是可以归纳成一以贯之的'道'的。然而正因为它是那么单纯，所以才那么圆融，那么触类旁通无远弗届，因而便那么艰于了解。例如周先生的历史观便是只注意一方面，即所谓'自其不变者而观之'的，但正因为不注意另一方面，所以才把这一方面看了个透彻，而要达到同样的程度也就更不容易了。""自其不变者而观之"出苏轼《赤壁赋》，"盖将自其变者而观之，则天地曾不能以一瞬；自其不变者而观之，则物与我皆无尽也"，金克木取其文而遗其义，强调周作人自"不变"看待历史与现实的眼光，与所谓的虚无主义根源不同。有了这观察，几乎可以勾勒出当时周作人的思想结构，并由此看出他此后的种种变化，我的论文很顺利地写完了。

原本以为这事已经过去，不料有天翻看金克木的集子，忽然在《改文旧话》中读到一段话，心念一动："抗日战争初期我在香港，传言周作人投敌。我写了一篇小文发表，说的是周作人的思想，意思是，如传言属实，周的思想中已有根苗。从他的文章看不出多少民族主义，倒能看出不少对日本的感情。不知怎么，文章写得不好，惹出一篇批评，说我是有意为周辩护。恰好我正在登这篇文章的报馆，便去排字房找出原稿看。使我吃惊的是文中有不少骂人的话。那文风和几十年以后盛行的大字报类似。这些话都被编者用红笔涂抹又用墨笔勾去了，不过还看得出来。很明显，编者不赞成我没骂周作人，也不赞成那一位因此便骂我。这位编者久已是文坛上未加冕的'盟主'。我觉得他之所以成为'盟主'并非偶然。"

也就是说，《为载道辩》之后，金克木另有一篇文章谈到周作人的思想，并由此推测他在抗战开始不久后的表现。因为这一问题牵扯到周作人行事的依据，我一门心思找出这篇文章来。根据文中提示，"'盟主'是'左翼作家联盟主席'的简化。主席三人：鲁迅、郭沫若、茅盾。文中说的是茅盾"，我查出茅盾曾于抗战时期一度任《立报·言林》主编，而金克木曾在《立报》任国际新闻版编辑，则文中所说的"报馆"为立报馆无疑。不过，能找到的线索也就到此为止，因为金克木没有提到那篇文章的名字，要调出当时的报纸一一翻检推测，殆等于大海捞针，加之此后忙于生计，此事也就趁势放下了。

这一放，就是十多年。去年，因为温习金克木的部分文章，忽又看到《改文旧话》，就再次起意要找。幸得友人相助，并因香港文学网上数据库的健全，不但找到了金克木提到的文章，还有对他文章的回应，以及他对回应的回应，三篇文章分别是《周作人的思想》（署名燕石），《"还不够汉奸思想么？"》（署名黄绳），《旧恨？》（署名燕石）。意外的收获是，线索牵连着线索，居然又找出了金克木这一时期的其他几篇文章（除标明外，均署名金克木）——《围棋战术》、《忠奸之别》（署名燕石）、《读〈鲁迅全集〉初记》、《归鸿》（署名燕石）、《读史涉笔》、《秘书——地狱变相之一》（关于这批文章的发现过程及基本情况，请参祝淳翔《金克木香港佚文发现记》，刊 2019 年 6 月 13 日《澎湃·上海书评》，不再重复）。

二

八篇文章，除《秘书——地狱变相之一》发表于 1948 年 8 月 30 日的《星岛日报·文艺》，其余均刊于 1938 年至 1939 年间的《星岛日报·星座》。"星座"由戴望舒创办并主持，作为老朋友的金克木为之写稿，是顺理成章的事。除《周作人的思想》外，这批文章金克木后来绝少提及，却因为暗含着他此后写作的某些重要特征，显得较为重要。

那段时间，金克木刚入新闻领域，还在不断的学习过程中，抽空作文，实为不易。《谈读书和"格式塔"》中写到的旧报馆情形，应该就是他当时的体会："从前报馆里分工没有现在这么细……那时的编辑'管得宽'，又要抢时间，要和别的报纸竞争，所以到夜半，发稿截止时间将到而大量新闻稿件正在蜂拥而来之时，真是紧张万分。必须迅速判断而且要胸有全局……要抢时间，要自己动手。不大不小的报纸的编辑和记者，除社外特约的以外，都不能只顾自己，不管其他；既要记住以前，又要想到以后，还要了解别家报纸，更要时时注意辨识社会和本报的风向。这些都有时间系数，很难得从容考虑仔细推敲的工夫，不能慢慢熬时间，当学徒。这和饭碗有关，不能掉以轻心。许多人由此练出了所谓'新闻眼''新闻嗅觉''编辑头脑'。"功不唐捐，从这个经验里，金克木琢磨出一种"看相""望气"读书法，提示读书如何"但观大略"——或许，在如今信息泛滥的情形下，如此读书法更应重视？

扯得有点远，回到那篇引起我寻找兴趣的《周作人的思想》，果然提到了《为载道辩》，"我只要趁此时机，把三年（前）批评周作人及晚明言志风气的论文中所没有说的意思，补说出来"。其中，对"历史循环"问题的补充是："循环史观是他的思想重心之一。从传道书到尼采，都供给他这一方面的资源，因此他屡次声称自己思想黑暗，避不肯谈。具着这样历史眼光的人，对眼前一切皆不满，对眼前一切皆忍受，想会着'古已有之'以自慰，存着'反正好不了'的心以自安，这就是'自甘没落'的原因，也是'乌鸦派''败北主义'的一个动机。对人类的观察，过重生物学方面，忽视社会学方面，再爱好民俗学的对退化及残存的现象的纪录，都使这种历史观蒙上极黑暗的悲观厌世的外衣。厌世而不死，就必然会无所不至的。"

文章提到了"自其不变者而观之"的思想来源，并以此为重心，考察了周作人的知识构成，即"对人类的观察，过重生物学方面，忽视社会学方面，再爱好民俗学的对退化及残存的现象的纪录"，并由此推测其行为的必然方式，"对眼前一切皆不满，对眼前一切皆忍受"，因而难免"无所不至"。与此相关，周作人另一个"很可注意而常被忽略的重要见解"，是民族平等："爱乡土的热情与爱国并不完全是一回事，周作人是不爱国的，他不能爱一个国家，他甚至不能爱一个民族，尤其不能夸耀宝贵本国和本族。……周作人所经历的辛亥革命中，种族国家主义曾占重要地位。有经验的反对意见是矫正不过来的，正像革命者反革命时就特别凶恶一样……这一点发展起来，便有了严重的结果。既不歧视他族又加上痛感本族的劣点，还不够'汉奸思想'么？"何况，"周作人被人认做'亲日派'是很久的事了。他曾经公开答覆过一次说他不配做，够不上，可见他并不以'亲日派'为耻"。此外，金克木特别指出，周作人"'亲'的是'古日'

而非'今日'",而"这也是辛亥前志士的一般倾向"。

正因如此,金克木才在文章中说,"十八作家致周作人的公开信中,告诉他我们民族自抗战以来已经表现得伟大而且光荣了,这是了解他的思想根据的话"。文中提到的十八作家《给周作人的一封公开信》,刊于1938年5月14日《抗战文艺》,相关内容如下:"我们觉得先生此种行动或非出于偶然,先生年来对中国民族的轻视与悲观,实为弃此就彼,认敌为友的基本原因。埋首图书,与世隔绝之人,每易患此精神异状之病,先生或且自喜态度之超然,深得无动于心之妙谛,但对素来爱读先生文学之青年,遗害正不知将至若何之程度。假如先生肯略察事实,就知道十个月来我民族的英勇抗战,已表现了可杀不可辱的伟大民族精神;同时,敌军到处奸杀抢劫,已表现出岛国文明是怎样的肤浅脆弱;文明野蛮之际于此判然,先生素日之所喜所恶,殊欠明允。民族生死关头,个人荣辱分际,有不可不详察熟虑,为先生告者。"

十八位署名的作家中,头一个就是茅盾,这也就怪不得他不赞成金克木"没骂周作人"。金克木"觉得他之所以成为'盟主'并非偶然",显然是因为即便如此,茅盾仍然不赞成黄绳断章取义地骂金克木——能在(包括自身在内的)复杂局面下把握取舍的分寸,确实难能可贵,对吧?不过,或许是因为性格,或许是出于判断,金克木当时虽跟茅盾近在咫尺,却并没有去"拜门",此后也没去"躬领教诲","尽管我很佩服他,从十来岁起就读他的文章,得到不少益处,但自觉微末,不想有依附之嫌。到50年代我才见到他,都是在会上，没有谈话。我没有改变过原先的看法，'盟主'不愧为'盟主'"。金克木写完《周作人的思想》时，大概怎么也想不到，他很快受到的攻击，主要不是因为没骂周作人，而是文中提到了另一位"盟主"——鲁迅。

三

《周作人的思想》要言不烦，颇能点出周作人思想的重心，可以提示我们不在周作人庞大的知识迷宫里走失。只是，大概因为文章重分析而不是表态，尤其是提到了鲁迅却没有让人感到足够的敬意，便引起了有人的反感——对已成定论的"正面人物"不够知己，恐怕原本就比不批评"反面人物"更加危险。文中，金克木紧接着"正像革命者反革命时就特别凶恶一样"写道："和周作人思想行动同源异流的鲁迅也是如此。在他们的全集中，'黄帝子孙''四千年文明'等等找得到么？说这一类话时，他们用的什么口气？"黄绳据此立论，先以鲁迅有全集而周作人则无，推定"指摘原是针对着鲁迅先生一人，周作人是'陪葬'的"。接着话锋一转，不知从何处掘发出一段（或许是抽象意义上的）"旧恨"："这位先生实在想把对于鲁迅先生的攻击，来洗刷周作人的罪恶；借'周作人事件'，来发泄他对于鲁迅先生的旧恨。"

金克木当然不会认领不该自己接收的账单，因此写

《"旧恨"？》一文回应，声明自己"对于鲁迅先生向来持尊敬态度，无论口头笔下，我从来不曾对鲁迅先生有过不敬的话。除了鲁迅先生曾以文字启发我的思想，致我到如今还自觉未能自外于他的影响，而且对他常感到肃然以外，我和他老人家毫无任何关系可言。其间绝没有'恨'，尤其没有'旧恨'"。随后逐条驳斥对方的立论和论据，并表达了自己的不安："我承认我的文章写得不好，会使人看出我所没有的意思；但我想还是那'旧恨'在作怪。那位先生断定我与鲁迅先生有'旧恨'，便是我对鲁迅先生说话无往而不怀恶意……因为我有过批评周作人的文字，也有了叙述我对鲁迅先生的了解的文字；在他戴着'旧恨'的眼镜看起来，岂不是要把批评解作辩护而称赞当作讥讽么？"这里说的"批评周作人的文字"当指《为载道辩》，"叙述我对鲁迅先生的了解的文字"，则应是其时刚刚刊出的《读〈鲁迅全集〉初记》。

《周作人的思想》发于 1938 年 8 月 11 日，《"还不够汉奸思想么？"》发表于同年 8 月 16 日，《读〈鲁迅全集〉初记》于同月 17—19 日发表（完成于 8 月 1 日），《"旧恨"？》则发表于 21 日。从时间线来看，金克木没有看到黄绳文章后补写关于鲁迅的文章的可能。在金克木看来，大概先有了这篇关于鲁迅的文章，只要不是刻意曲解，"把批评解作辩护而称赞当作讥讽"，批评方的立论就应该站不住脚了吧？（当然，不排除黄绳不知"燕石"即金克木。）可在一个（或真或假而必定）狂热的崇拜者面前，在一个确认"鲁迅先生的生平功罪，已有定论，小丑的一枪，不会有作用的"的人眼里，金克木这篇看起来饱含深情且独具识见的文章，恐怕仍然是未尽人意甚至需要大张挞伐的。

《读〈鲁迅全集〉初记》共八节，分三次刊出，17日刊一、二、三节，18日刊第四节，19日刊五、六、七、八节。或是金克木的有意拆分，或是编辑的精心安排，每次均有相对集中的主题。一、二、三节总论鲁迅及全集的价值。第一节跳出单纯的文学角度，确认《鲁迅全集》"包揽了清末民初以来的思想以及五四五卅九一八时期的史实，我们可以把它看做当代的历史的丰碑"。第二节赞赏《全集》体例一致，呈现出的"是讲坛上的鲁迅，是出现于群众之前的鲁迅"，"这是一个完整的活人，没有残废，也没有化装，他不亲切，只因为他并不是在内室而是在讲坛"，因而"说他冷酷，说他疯狂，说他刻薄，说他褊狭，都是忘记了这一点，妄以演说家战斗者的行为来武断他的私人品性"。第三节说明鲁迅行为一贯，"敢把自己整个显现在人前"，"有站在街头喊'谁能向我投石？'的资格与勇气……因为他敢于剜出自己的恶疮，有正视丑恶的胆量"。

第四节居三次发表之中，先肯定蔡元培所说，鲁迅"为中国新文学的开山"，随后宕开一笔，言"新文学是新文化运动的支流，新文化是以思想改造为主，他却正好是在思想上贯通中外承先启后，秉承中国的学术风气，又接受了西洋的思想潮流"。鲁迅秉承中国学术风气，是谓内启，来于清末，"重公毅而抑左氏，主今文而斥'新'学，尊八代而卑唐宋（文章），伸释氏而薄时文；而地理音韵之学亦一跃而登宝座，盖欲求中古文化交流之迹，不得不究西北边藩舆地，而音韵之成为学，亦正苗生于六朝译经之时"。其接受西洋潮流，谓外铄者，则源自法国大革命，并涉及俄国、日本和中国的社会与思想变革，因为潮流本身的新旧交替，接受者难免"一方面是信奉科学至上，却又恐惧着机械毁灭了人性以及美知爱，一方面是坚持个人独立自由，却又意识到社会的羁绊与集体的未来。这种矛盾若伏在心中，表示出来的便是沉默的反抗与绝望的战斗，为已经失败和不会实现的理想而努力"。

第五节从鲁迅出生的地理环境，辨认出他具有"挟仇怀恨茹苦含辛至死不屈的反抗"的"越人的遗民气质"，进而指出"鲁迅却不是一个民族或国家的遗民，而是一个失败了的理想与革命的遗民"，并言其"后来似乎由悲观的'遗民'转为乐观的'先驱'，实由于他悟出了'绝望之为虚妄，正与希望相同'。突过了绝望自然又近于希望然而还是一条路线并没有如无识之徒所谓'转向'，不足为朝秦暮楚缺乏羞耻的人的藉口而正可表现一贯到底誓不变节的遗民的伟大"。第六节回应鲁迅多作杂感而没有留下不朽大作的遗憾，认为如此认识"未为卓见，因为他的杂感的历史的价值，实在还超过其文学的价值。杂感文章的准确锋利固空前绝后，而当时中国的社会尤其是文坛上的种种相，藉鲁迅而传留下来，更是历史的伟业"，正与第一节所谓留下史实照应。第七节谈鲁迅的文学技术，推测"思想的深邃，内容的隐讳，典故的繁多，受西洋影响的句法的复杂周密，使鲁迅的文章未必能不加注疏而为将来的青年看懂"。第八节是结语，并述作者与鲁迅作品的因缘。

以上连篇累牍地引用，一是因为金克木这文章目前还很难读到，一是文中对鲁迅的几点评价，即便放到现在也值得参考，甚至称得上灼见。比如把鲁迅的总体作品看做当代的历史的丰碑，比如把鲁迅放在新文化而不只是新文学的角度考察，比如把鲁迅的杂感视为历史的伟业，都颇能予人启发。但或许正因为看得深，金克木并没有把鲁迅推举为空前绝后，而是将其放在承前启后的位置上来认识，谓其还稍稍缺乏一点建设性——"一个过渡时期的思想家，有两副面孔：一是表白将来的理想，作先驱者，画乌托邦；一是批判现在的事实，当吊客，撞丧钟。法国大革命前，卢骚演前一类的生角，伏尔德扮后一类的丑角。鲁迅似伏尔德。照前面所说的中外两派思想主流在中国汇合时所挟带的东西说，中国思想界不能有卢骚。虽然只是正反两面，但事实上中国思想界还缺乏，具积极建设性的，《社会契约》与《爱弥儿》的作者。鲁迅往矣！来者如何？"——这是否已经足够让认鲁迅为空前绝后者愤然了？

文章首尾，金克木各引了一句鲁迅的诗，均出《辛亥残秋偶作》。开头用的是"曾经秋肃临天下，敢遣春温上笔端"，结尾用的是"竦听荒鸡偏阒寂，起看星斗正阑干"。或许前者可以表现鲁迅"我以我血荐轩辕"的热肠，后者可以视为"自己背着因袭的重担，肩住了黑暗的闸门"的过渡特征。二者密不可分，没有孰先孰后，而是这热肠和过渡的特征一起，构成了值得敬佩的整全的鲁迅，正如金克木把他的想法交融在一起的这段话："鲁迅的思想未必有承继者，鲁迅的文章一定无传人，鲁迅的著作将有许多孩子们看不懂，只成为历史的文献，然而鲁迅的精神愿能亘古常新，直到阿尔志跋绥夫与安特列夫的世界消灭，武者小路实笃与爱罗先珂的世界到来时，永远给未老先衰的青年以警惕，给老而不死的朽骨以羞惭。"

四

从上面关于周作人和鲁迅的文章来看，金克木不以自己的标准衡情量人，而是深入对象文字深处，掘发其思想核心，而出之以平常语言，没有染上当时习见的术语，也没有经见的评价体系，因此过了近八十年再来看这些文章，仍然没有过时之感。不过，说金克木不以自己的标准量度人，并不是说他知识没有结构，胸中没有丘壑，相反，能深入不同对象的思想核心，或许正因为心中有一张足够开阔的图谱。《读〈鲁迅全集〉初记》和《读史涉笔》，就颇能看出他已经渐渐成形的知识系统。

《读〈鲁迅全集〉初记》中，金克木如此勾勒中国学术系统："中国的思想史蒙儒家之假面，孕道家之内容，释氏初兴，乃有大革命，其时在中古魏晋六朝之际。'中原文物'失统治之权，朔漠西陲来异族之祸。同时西行求法，东来翻经，代有作者。经一番搅和，遂开空前绝后之唐代奇葩。清末文士，以汉族陵夷，颇欲征文献于明季。然而明人承元之敝，乍自拔于外族之奴，生活颇恭而思想空疏，略有一二可观，不足以偿大欲，而迹其继往开来者，则以在清代。"而对于西方近代思想潮流，则认识如下："西洋近代史可自法国大革命数起。一七八九年正是两个世纪两个时代交替的起点，由埋伏已久的理论与行动会合而生的果实……一八四八年蔓延全欧的革命，巩固了布尔乔亚的统治，苗生了强化的近代国家；资本主义正式开花期，又藉海外贸易的急激进展而达到空前的茂盛；同时社会主义的种子，经济恐慌与大规模社会不安的根苗，也开始发荣滋长。十九世纪后半初期，达尔文与马克思，使人类对于自身起了有意识的批判作用……随着早熟的新革命的夭亡，世纪末的气氛便侵入一般人的心。同时，前有凭藉佛理的叔本华，后有他的反面继承者尼采，以诗人的气质抒哲人的沉思，反映而且领导着悲观与绝望的人生战斗的思想主流。"

不止如此，在认识中西思想谱系的时候，金克木并没有将其固定，而是根据自己身处的时代，不断看取其间的变化："清季避世者多去扶桑，而东洋生活习惯犹存唐代流风余韵。于是目击心伤，欲自我光荣，则遥希汉唐，欲声斥末世，则心仪魏晋，以今例古，风气遂成。""由西欧的进步国家的社会与思想的变革，影响到后进国家的追踪，并不是一个剧本的复演。来得愈迟，变得越快，旧的残余也愈多……这种由发展的不平衡性而生的罅隙，对于更为后进更为老大的中国的青年，更有绝大的力量来把他们的感觉修削得更为锐敏。"现在看，以上的结论或许还有不少可以商量的余地，但大体已具，且都融合着自己的心得，此后随着读书和阅历的深入，金克木不断调整着这一结构。沿着这个方向观察，晚于《读〈鲁迅全集〉初记》三个月发表的《读史涉笔》，就不妨看成金克木知识结构补充及调整的尝试。

《读史涉笔》共五节，每节集中谈论一个问题。第一节类似总论，谈论史料和史才。史料的择取，"初期只是好奇的文学的叙述……新史学专以客观研究构拟过去（Reconstruction）为主，又正在初兴，而且十九世纪以来的严格考证之学是否流入史料的琐屑的考订，真正客观的如实构拟往古的可能到什么程度，人类是否能够撇弃自己的当时的成见，都还是问题"，因而"怀成见的读史，也并不见得绝对有害：往往因为所见之狭，反而看得深而且精"。只是这成见仍需标准，"要以基本史学训练的有无与好坏来测量"，否则，就难免"有的人不加鉴别的东抄西撮堆集古董以充文学史，有的人便拼命夸张新发见，以荒谬浅薄的见解对传统大肆讥弹，信口雌黄，自命心得，有的人则处处看见水火刀兵，有的人则不惜吹求细故以单文孤证自矜创获，尤有甚者，以洋公式套中国史，而对旧书毫无根柢，不知抉择史料，以砖瓦充炮弹，互相攻击，而旁边的大火药库竟看不见，以致公式未明，史迹已混，终于是所谓'搅乱一天星斗'，还有的假托考证之名，抄撮一方面的材料以为政争工具"。

"较鉴别史料（分析）鸠集史料（综合）更进一步"，则有所谓"史才"问题："这'才'有两点较具体而可以养成的必要条件：其一是'科学的想象'（H.Maspero），其二是'了解的同情'（陈寅恪）……有如下棋，有如用兵，以不充分的已获得条件判断全局，舍想象无由，以自己代人着想，设身处地以求敌人的判断与决心，非同情不可……打仗必须料敌，侦探必须揣摩贼情，这些又都必须依据实况才不致落空，读史作史正是如此如出一辙。"先不说这两条是否算得上史才的完备条件，金克木在此处提到的"以不充分的已获得条件判断全局"，不妨看成前面提到的读书"看相""望气"之法的预演；而"设身处地以求敌人的判断与决心"，也正是他"福尔摩斯读书法"的先声，"和作者、译者同步走，尽管路途坎坷，仍会发现其中隐隐有福尔摩斯在侦查什么"。大概正是读书和写作自觉遵守着以上两条，读金克木的文章，不会有凌空蹈虚之感，而每每能落实到具体的社会和人事，甚且能还原出历史当事人生动的面影。

第二、第三节承接前面的思路，谈中国、日本、西方和世界史的编撰。因为中国和日本通史体大，难以速成，金克木建议"编一本《通史问题》，不以敷陈事实为主，以各时代之大问题提纲挈领，于研究大纲下胪列事实……可以作一般人略具通史知识者进修用书，可以作职业的教历史编历史者的南针，使知问题所在，不致信口开河"。与此同时，在西方史和世界史的编撰上，有人认为"中国人学西洋史决无超过西洋人的希望，而且直接原始史料无法可得，所以无法研究"，金克木觉得大可不必跟人比较长短，当务之急"只在填塞我们自己的需要"，远水难解近渴，"即是转贩也无妨"。这个读书写作的致用思路，一直贯穿到金克木后期的写作中。暂且放下完美之念，以用为先，我很想称为"剑宗"式读书法，可以在特定（或者可能是每个）人生阶段鼓励人锐意进取，堪与"以不充分的已获得条件判断全局"的主张并传。

第四节转而谈佛教史和道教史，其目的在于把二者从"释子学案"和"道人学案"中解放出来，让其"不限于哲学史之边界上"。那原因，是"我国之佛道二教于政治，社会，经济，文化各方面俱有深切关系，其兴衰并非仅系其本教"。不过，虽言二教，重点却在道，并比较儒释总结其特点云："一在其承认现世生命为美好，因此力求长生不老，用种种方法以求永寿，而尤其要紧的，即其永生而不舍人世快乐，且正因为人世快乐而羡求永生……其次，为求自己长生，于是不惜利用自己身外之一切以为手段，自炼丹服药以至于房中术'还精补脑'皆充分表现利己心理。"此后辨别道家跟道教，提问"道教之引附旧有道家思想，究竟是本有思想，因外来宗教影响而成形为教呢？抑是受外来宗教压迫必须自成宗教，因而附会旧有思想藉以自重呢？"接着追溯道家及"黄老之言"的来处，"这一派在先汉一定已为'显学'，他们的师承由何而来？这中间转变的枢纽当在有秦一代，而文献湮没无闻。秦新两代实为历史上重要转捩期，以始皇王莽为儒家丑诋之故，竟致史迹泯没，但道家溯源，如不明秦代史迹，恐在春秋战国中兜圈子，未必能得定论"。

快八十年过去了，金克木这里提出的问题，不知道现在已经解决了没有？

此节结尾，金克木列出道教在不同时代及于社会层面的情形，要言不烦："道家经典托始于《老子》，而《老子》一书中即杂有阴阳术数成分。黄老信徒的汉初衮衮诸公，莫非擅长诈欺权术，而阴阳谶纬尚无所闻。权术一道，一直蒙儒家之外表，自董仲舒以至曾国藩，代有传人。谶纬一道，盛于王莽而衰于东汉，魏晋以后遂为服食求仙之道教所替。再以后，遂分道教为正一全真南北二宗，一则注重修炼养性命，一则不废作法术，有如喇嘛教之分黄教红教。"金克木对道家和道教的关心贯穿一生，晚年写了不少相关文章，基本思路似乎未出此大纲。鲁迅曾谓"中国根柢全在道教"，周作人也言"真正的中国国民思想是道教的"，金克木关注道教，或许与此相关？

第五节谈历史人物，要点是"历史人物与传说人物本非一事，但历史人物变化为传说人物则数见不鲜"，如"关岳孔明杨家将之类"。这问题恐怕仍与道教有关——历史人物变化为传说人物，不正是社会道教化之一种？"这种变化，与其说是文人影响社会，不如说是民众生产作者。所谓俗文学中的这一方面材料也很可加以整理，将凡非凭空想象的人物及史迹一一追溯其来源而加以区分，则俗文学本身以及其对一时代之社会人心交互影响之关系均将大为明显。"考察这些变化，当然就来到了"文学史与社会史的边界上"。这一问题，岂不就是金克木后来极为关注的"无文探隐"，方式是"从有文的文化考察无文的文化"？结合以上所言种种，是不是可以说，这篇《读史涉笔》里，隐含着金克木一生写作的大部分精神基因？

五

写到这里，我忽然意识到，人有意无意的倾向，足以让事物看起来不像是它本来的样子。比如这次发现的八篇金克木佚文，临近结尾了，我谈论的不过四篇，不是跟周氏兄弟相关，就是牵扯到金克木的知识结构，另外四篇文章似乎不曾存在。其实《围棋战术》开金克木写围棋并借围棋谈时事之先河；《忠奸之别》分析汉奸心态，鼓舞人们敢作敢为；《归鸿》写两位爱好文学和钻研古籍的朋友，本来文弱多感，却义无反顾地投入抗日战场；《秘书——地狱变相之一》大概可以称为小说，或许因为写于抗战胜利之后，对性格浮夸（或许跟《归鸿》中的两位朋友原本是同类）、经历战争而毫无变化者投以讽刺，是金克木此后诸多半真半假的叙事作品的开端。

紧接着的问题是，虽然我早就注意到这批文章多写于抗战期间，或者跟抗战有关，但还是会不经意地忘记写作当时的情形。等意识到这个问题，再回过头来看各篇文章，发现抗战几乎是这些文章从未脱离的基本背景。除了直接相关的《归鸿》和《秘书》，以及跟周作人相关的两篇，看起来不相干的《读〈鲁迅全集〉初记》，也会提到，"鲁迅所接受并发扬的这种思想，也有向下的危险的成分。它可以使人偏激奋发，也可以使人感慨玩世。明显的例证是：鲁迅与周作人先生的家教，学历等等都一样，而晚节却那么不同。假如从北面南的是周作人先生而非鲁迅，鲁迅会不会在北平当教授玩碑帖而让他的介弟在上海领导左翼青年？"或者离抗战较远的《读史涉笔》，也不忘提醒，"（日人）那些对于中国古人尤其是中国民族性的一些荒谬绝伦的说法，直接给他们的教科书供材料，间接就为兵工厂制造炮手与炮灰"。

有意没提《围棋战术》，是因为这文章的中心即分析对日战术。或许应该注意，这篇文章发表时，里面有诸多"×"，原因呢，当然是迫于当时的检查制度，如戴望舒的回忆，"似乎《星座》是当时检查的唯一的目标。在当时，报纸上是不准用'敌'字的，'日寇'更不用说了。在《星座》上，我虽则竭力避免，但总不能躲过检查官的笔削……这种麻烦，一直维持到我编《星座》的最后一天"。有意味的是，尽管有那么多"×"，金克木要表达的意思，仍然顽强地传达了出来——"在×人所不着眼或不能致力的地方，广布势力，一旦主动便一鼓而歼×人。在这样情形下才可以说×愈深入，对我愈有利，战线愈长，罅隙愈多，胜利愈有把握。""我们作战，不是一刀一枪对面相拼，而是自下而上地陷之以泥淖，喷之以火山。""我们作战，不仅是一军的战争，而且是政略的战争。×军及伪组织加速中国农村经济的崩溃，而不能解决中国的土地问题，这样虽欲运用以城市统制乡村的进步的×国主义侵略的策略，也必然要遭遇到不可克服的困难。"如果不怕有人说攀附，我们是不是能想到当时内地的情形，从这些话里看出某种抗战方针的必然性？

既然说到抗战，就不得不提到汉奸问题。除了跟周作人相关的两篇，佚文中的《忠奸之别》，也富有意味。文章对忠奸之别的描述，堪称活画，有意者不妨对照："汉奸的手段之一便在找寻民众的不满现状心理，趁虚而入，挑拨离间，使民众不拥护抗战领导机关。于是有许多话大家都不敢说，有许多事实大家都不敢暴露，为的是怕说了近似汉奸的话，分化减弱自己的力量，动摇民众的信心，客观上作了×人的工具。然而汉奸是无所顾忌的，他们反而尽量去说出对现状的种种不满，做了不满现状的传声筒。"面对如此情形，激昂慷慨固然无济于事，束手以对似乎也不是妥当的办法，金克木便在文章结尾提出了可能的判别标准："我以为忠奸之分别……只看有无具体的事实与积极的明确的意见。若指摘弊端后即提出具体的改造意见（不是诿之名词的空话），这是有利抗战的。若说了一通坏话后便不声不响，大有等'皇军'来超度的气味，便是货真价实的汉奸了。忠奸言论界限一判明，言论便更得自由了。否则，'争取''哀求''退让'都无济于事了。"

绊绊磕磕写到这里，心情变得有些沉重，忽然想起《归鸿》中一位朋友写给金克木的信，因为有艰难时刻中的抒情，或许可以冲淡点儿坏情绪："你能来也好，我当然希望你来，咱们大家在一起干；可是我不劝你来，因为怕你的身体受不了。我是发誓不过黄河了。也许三月五月，也许三年五年，咱们黄河北岸见。倘若见不到我的人，那么，别忘记临风凭吊我一次。我是死也不会忘记我们在'九一八'后的故乡所共同经历的那些生活的。不过，我相信我不会看见你。那时，我一定向你报告我是怎样从死中活过来的，可是你也得准备对我说，你在南方怎样活着。"是的，或南或北，或出或处，或存或佚，若为有益之事，则不妨两行，用不着提前你死我活一番不是吗？话说到这里，不妨就引金克木翻译的《奥义书》中句来结尾吧，虽然有点大而无当——

　　　愿我俩同受庇佑。愿我俩同受保护。愿我俩共同努力。愿我俩的文化辉煌。永远不要仇恨。唵！和平！和平！和平！

　　附记：这批佚文中，尚有一篇署名"燕石"的《故都新讯》，刊 1938 年 10 月 16 日《星岛日报·星座》，介绍周作人与胡适的"方外唱和"诗。写本文时未能查到，现已有朋友找见发来，附记于此。

犹将爝火照琴弦

——金克木的读书方法之一

一

1912 年，金克木出生。这个时间点，客观意义上没有经过清朝，或者笼统说，封建时代。不过，近代中国变化万端，前代往事并不随风而逝，仍然会给后代造成重大影响。抗战之前，金克木自言，留下了"五次革命失败的精神压抑"——"戊戌""辛亥""五四""北伐""九一八"。此后，则起码有"'七七'抗战，一九三九年欧战，一九四一年德国攻苏联，日本打美国"。抗战胜利之后，时代步入另外的轨道，基调变得昂扬，明显的转变起码有两个，包括 1949 年新中国成立，包括一次时讳。

任何抱怨或不满都无济于事，人不可能拔着自己的头发离开时代，笼罩性的事物始终徘徊在一切人的头顶。照金克木的说法，除 1949 年到 1951 年"专读马、恩、列、斯和毛主席的著作"，1970 年代中期，他"不读书已有十年，除工作需要外不读别的书已有二十多年"。恍若隔世后再来读书，无论旧学还是新知，全成了似曾相识，不得不重新开始。摸索过程中，积习难改，金克木不禁又拿起了笔，"随手写下一点小文，试试还会不会写十几年或几十年前那样文章"。生疏是每个人的天敌，即便天赋过人，开始写出的一批文章，金克木的感觉是，"笔也呆笨，文也不好"。用1983年自题《印度古诗选》的话来说，"人世蹉跎余太息，难将爝火照琴弦"。

这次重新开始，金克木还有另外一种说法。"二十世纪七十年代末期，我发现自己身心俱惫，确已步入老境，该是对自己而非对别人作检查、交代、总结的时候了。于是我从呱呱坠地回忆起，一路追查，随手写出一些报告。"其中"对别人作检查、交代、总结"，是指"五十年代以来不断的思想检查、交代，使我不得不一次次回忆自己的思想来源，见过的人，读过的书"，"几十年写了总有几十万字的'自我批评'吧"。现在，屈辱化为能量，报告由对外转为向内，记事为主的，有《旧巢痕》（写于1979至1981年间）、《难忘的影子》（1984年完成）、《天竺旧事》（写于1981至1984年间），从懵懂童年写到壮年的印度岁月；论学为主的，则是《印度文化论集》（1981年编定）、《比较文化论集》（1983年编定）和《旧学新知集》（1985年编定），以印度语文为中心扩展出去。

以上，仍然不是这次重新开始的全部。"那是七十年代末，他身体还可以，每天从蔚秀园走到东校门附近的教师阅览室去看新书和杂志。……北大盖了新图书馆后，金先生便天天去新馆，不但阅读印度学方面的书籍，还阅读大量西方各种新的学术思潮方面的书籍，例如符号学、信息学、比较人类学等等。他见到我，又开始滔滔不绝地跟我谈起这十年国外印度学发展的情况，告诉我要关注哪些领域的研究，选择课题等等。"从郭良鋆《师恩如海深》这段文字，约略可以知道金克木《艺术科学丛谈》（1984年编定）社科新知的来源。虽然金克木后来自称，"我只是打了个旗帜，或者说钻了个空子，抢先讲了一些别人还没讲的话……浅尝辄止而已"，其实已得风气之先。

三种说法合起来，差不多可以看到，1970年代中期以后，金克木是如何重新开始读书写作的。一面是董理旧学，把自己跟印度文化相关的思考较为完整地呈现出来（很快就不局限于印度）；一面是吸收新知，重走自己因故中断了二十多年的"预流"之路（补课式的学习结束后立刻自出机杼）；一面是结合实际经历，探究自身思想的来路并琢磨可能的局限和去处。新知济以旧学，纸上学问验之躬行所得，加上笔越来越灵动多变，这才有了1980年代中期三篇精妙文章——1984年的《"书读完了"》《读书·读人·读物》，1986年的《谈读书和"格式塔"》——熠火复燃，琴弦上响起不绝的铮铮之音。

二

　　1912 年，时代发生巨变，留学在外的陈寅恪短暂回国，拜访比自己大近三十岁的父执夏曾佑。夏曾佑跟他说："你是故人之子，能从国外学了那么好的学问回来，很值得庆贺。我自己则只能读中国书，外国书看不懂。不过，近来已觉得没有书可读了。"这话难免让人吃惊。不过，更让人吃惊的还在后面，不妨先来介绍一下夏曾佑。夏曾佑长鲁迅近二十岁，民国后一度是他教育部的上司。一向谨慎赞赏别人的鲁迅，这样说到过夏曾佑："只要看他所编的两本《中国历史教科书》，就知道他看中国人有怎地清楚。"

　　如此清楚中国情形的人，居然说出中国书无可读的话，陈寅恪当然有些困惑："中国书浩如烟海，何以没有书可读了？"时过境迁，陈寅恪跟人提起此事，"表示自己也到了无书可读的地步。他说，其实中国真正的原籍经典也只不过一百多本，其余的均是互为引述参照而已"。写下这段轶事的人是陈寅恪的姻亲俞大维，讲完这故事，不知是故意还是无心，他不无遗憾地表示："可惜，我当时未问他是哪一百多本？"

　　这问号是个显而易见的缝隙，有好奇心的读书人难免会揣测，这一百多本书究竟是什么？ 1984 年，小陈寅恪二十多岁的金克木写《"书读完了"》，开头提到的，正是这段掌故。接下来，金克木问："中国古书浩如烟海，怎么能读得完呢？谁敢夸这海口？是说胡话还是打哑谜？"兴致既来，当然不妨猜猜看——虽然半遮半露："一个读书人，比如上述的两位史学家，老了会想想自己读过的书，不由自主地会贯穿起来，也许会后悔当年不早知道怎样读，也许会高兴究竟明白了这些书是怎么回事。所以我倒相信那条轶事是真的。我很想破一破这个谜，可惜没本领，读过的书太少。"

如果不是无事生非，重猜这个谜，肯定是因为时代又跟1912 年一样，有了巨大的变化。具体到写《"书读完了"》的1984 年，则有文章中没提的天地翻覆，提到的自然科学和社会科学意义的鼎革："人的眼界越来越小，同时也越来越大，原子核和银河系仿佛成了一回事。人类对自己的生理和心理的了解也像对生物遗传的认识一样大非昔比了。工具大发展，出现了'电子计算机侵略人文科学'这样的话。……同时，控制论、信息论、系统论的相继出现，和前半世纪的相对论一样影响到了几乎是一切知识领域。可以说今天已经是无数、无量的信息蜂拥而来，再不能照从前那样的方式读书和求知识了。人类知识的现在和不久将来的情况同一个世纪以前的情况大不相同了。"双重巨变的压力之下（就像现在面临地缘政治和人工智能的双重压力），读书方式不得不因时而变。

不用说层出不穷的新书，即便是到 19 世纪末为止的几千年的古书，对世界上大部分求学者来说，"要求一本一本地去大量阅读，那几乎是等于不要求他们读书了……甚至于第二次世界大战前的本世纪的书也不能要求他们一本一本地读了。即使只就一门学科说也差不多是这样"。具体到中国，"'五四'以前的古书，决不能要求青年到大学以后才去一本一本地读，而必须在小学和中学时期择要装进他们的记忆力尚强的头脑；只是先交代中国文化的本源，其他由他们自己以后照各人的需要和能力阅读"。仔细琢磨，金克木的老婆心切，恐怕跟近代以来文化的巨大转折有关——早已成形、按部就班的经典教育系统轰然崩塌，不得不寻求新的解决之道。

无论怎样谈论必读书，只要是有志之作，其实都是寻求一种阅读系统，"文化不是杂乱无章而是有结构、有系统的。过去的书籍也应是有条理的，可以理出一个头绪的"。然而这系统并非万世一系，却是因时而变，或者说，后来者创造了属于自己时代的阅读系统。新时代的系统，"不是说像《七略》和'四部'那样的分类，而是找出其中内容的结构系统，还得比《四库全书提要》和《书目答问》之类大大前进一步。这样向后代传下去就方便了"。

紧接着，话题绕回到夏曾佑对陈寅恪说的那番话。在金克木看来，这谜语的关键，是他们"看出了古书间的关系，发现了其中的头绪、结构、系统，也可以说是找到了密码本。只就书籍而言，总有些书是绝大部分的书的基础，离了这些书，其他书就无所依附，因为书籍和文化一样总是累积起来的。因此，我想，有些不依附其他而为其他所依附的书应当是少不了的必读书或则说必备的知识基础"。除此之外的其他书，照陈寅恪的说法，不过是"互为引述参照而已"，换句通俗些的话，则是"东抄西袭"。

原则性问题既明，下面就是具体的书单。国外部分，西亚提出一部《古兰经》，"没有《古兰经》的知识就无法透彻理解伊斯兰教世界的书"。西方则首推《圣经》，"这是不依傍其他而其他都依傍它的。……没有《圣经》的知识几乎可以说是无法读懂西方公元以后的书……古希腊和古罗马的书与《圣经》无关，但也只有在《圣经》的对照之下才较易明白"。除此之外，思想方面是柏拉图、亚里士多德、笛卡儿、狄德罗、培根、贝克莱、康德、黑格尔，文学上是荷马、但丁、莎士比亚、歌德、巴尔扎克、托尔斯泰、高尔基，加上一部《堂吉诃德》。中国古书，思想方面是《易》《诗》《书》《春秋左传》《礼记》《论语》《孟子》《荀子》《老子》《庄子》，"这十部书若不知道，唐朝的韩愈、宋朝的朱熹、明朝的王守仁（阳明）的书都无法读，连《镜花缘》《红楼梦》《西厢记》《牡丹亭》里许多地方的词句和用意也难于体会"。史书真正提到的是《史记》和《文献通考》，文学则特为提出一部《文选》。

虽然谈到的书没有上百种，可数量也并不少，还有一些阅读难度极高，恐怕要花数年工夫才能通读。一个书单最后变得累赘不堪，肯定会阻碍人进入，最终变成大而无当的摆设。金克木考虑到了这个问题，随后给出了合理建议。外国书，"不必读全集，也读不了，哪些是其主要著作是有定论的。哲学书难易不同；康德、黑格尔的书较难，主要是不懂他们论的是什么问题以及他们的数学式分析推理和表达方式。那就留在后面，选读一点原书"。中国古书也不必每人每书全读，如《礼记》中有些篇，《史记》的《表》和《书》，《文献通考》中的资料，不妨翻过。剩下的部分，除《易》《老》外，"大半是十来岁的孩子所能懂得的，其中不乏故事性和趣味性。枯燥部分可以滑过去。我国古人并不喜欢'抽象思维'，说的道理常很切实，用语也往往有风趣，稍加注解即可阅读原文。一部书通读了，读通了，接下去越来越容易，并不那么可怕"。这样算下来，通读这些书"花不了多少时间，不用'皓首'即可'穷经'"。

通读好比把饭吃进肚里，这些浓缩了人类智慧的书，怎么消化呢？用金克木的话说，要怎样既观其大略，又探骊得珠呢？他给出的建议是，"不要先单学语言，书本身就是语言课本……读书要形式内容一网打起来，一把抓"。与此同时，每种书其实最好有过来人的特殊引导，因此需要入门向导和讲解员："现在迫切需要的是生动活泼，篇幅不长，能让孩子和青少年看懂并发生兴趣的入门讲话，加上原书的编、选、注。原书要标点，点不断的存疑，别硬断或去考证；不要句句译成白话去代替；不要注得太多；不要求处处都懂，那是办不到的……有问题更好，能启发读者，不必忙下结论。"难得的是，金克木不只是呼吁倡导，他自己动手写下很多这类文章，《读〈西伯戡黎〉》《兵马俑作战》《重读"崤之战"》等都是。另有《谈谈汉译佛教文献》《怎样读汉译佛典》两篇，既指出了汉译佛教的重要经典，又是能引发兴趣的入门文章。

三

从上面的所列之书不难看出，单纯读中国书，早已跟不上日新月异的时代变化。或许自汉代佛教传入之后，我们就已经不得不跟外国书生活在一起。明代西学大量传入之后，这一"不得不"更加变本加厉，有识之士除消化理解之外，还要思考不同文化的贯通之道。金克木向来重视"通"，"中国有两种文化，一个可叫'长城文化'，一个可叫'运河文化'。'长城文化'即隔绝、阻塞的文化。运河通连南北，是'通'的文化。……不能老搞禁、阻，要提倡运河文化。……文化发展要从不通到'通'"。言出而行随，金克木很多文章体现了"通"的特质，而《读书·读人·读物》，则全篇都是一个"通"字。

文章开头，仍然是对时代的判断。"据说现在书籍正处于革命的前夕。一片指甲大的硅片就可包容几十万字的书，几片光盘就能存储一大部百科全书；说是不这样就应付不了'信息爆炸'；又说是如同兵马俑似的强者打败病夫而大生产战胜小生产那样，将来知识的强国会胜过知识的弱国，知识密集型的小生产会胜过劳动力密集型的大生产。"尽管载体发生了巨大变化，但万变不离其宗，"书是知识的存储器，若要得知识，书还是要读的"。时移世易，读书方式也要随之变化，"读法不能是老一套了"。

接下来，金克木自陈读书经验，竟然是让人难以置信的

"少、懒、忘"。先是"少","我看见过的书可以说是很多，但读过的书却只能说是很少；连幼年背诵的经书、诗、文之类也不能算是读过，只能说是背过"。再是"懒"，"我是懒人，不会用苦功，什么'悬梁''刺股'说法我都害怕。我一天读不了几个小时的书，倦了就放下。自知是个懒人，疲倦了硬读也读不进去，白费，不如去睡觉或闲聊或游玩"。然后是"忘"，"我的记性不好，忘性很大。我担心读的书若字字都记得，头脑会装不下；幸而头脑能过滤，不多久就忘掉不少，忘不掉的就记住了"。这番话由精通数门外语的金克木说出来，大有"凡尔赛"的嫌疑，也就怪不得有人会认为是讲笑话。不过，这三个字里面隐含着很有意味的内容，"读得少，忘得快，不耐烦用苦功，怕苦，总想读书自得其乐"。"自"和"乐"是此语核心，也几乎是读书的最优路径选择。

及至写文章的当时，金克木又多了一条经验，"这就是读书中无字的地方比有字的地方还多些"。这方法源于小时候习字，大人提醒要注意"分行布白"："书法家的字连空白一起看。一本书若满是字，岂不是一片油墨？"因此，老年读书，金克木"就连字带空白一起读，仿佛每页上都藏了不少话，不在字里而在空白里。似乎有位古人说过：'当于无字处求之。'完全没有字的书除画图册和录音带外我还未读过，没有空白的书也没见过，所以还是得连字带空白一起读"。这意思，或许也可以用他后来所谓的"读书得间"来表达："古人有个说法叫'读书得间'，大概是说读出字里行间的微言大义，于无字处看出字来。其实行间的空白还是由字句来的；若没有字，行间空白也就没有了。……古书和今书里，空白处总可以找出问题来的。不一定是书错，也许是在书之外，总之，读者要发现问题，要问个为什么，却不是专挑错。"

从有字的部分读出无字的部分，一本书就此连通，从有限变成了无限。这还只是书本之内的"通"，紧接着，金克木便说到了书本之外的通，"我读过的书远没有我听过的话多，因此我以为我的一点知识还是从听人讲话来的。其实读书也可以说是听古人、外国人、见不到面或见面而听不到他讲课的人的话。反过来，听话也可以说是一种读书。也许这可以叫做'读人'""读人"，甚至不只是会说话的大人，不会说话的孩子也可以是读的对象。"我身边有了个一岁多的小娃娃。我看她也是一本书，也是老师。她还不会说话，但并不是不通信息。我发现她除吃奶和睡觉外都在讲话。……她察颜观色能力很强，比大人强得多。我由此想到，大概我在一岁多时也是这样一座雷达，于是仿佛明白了一些我还不记事时的学习对我后来的影响。"

这个"不记事时的学习"，不妨以他的学说话为例。"我出生时父亲在江西，我的生母是鄱阳湖边人，本来是一口土音土话，改学淮河流域的话。但她所服侍的人，我的嫡母是安庆人，所以她学的安徽话不地道……那位嫡母说的也不是纯粹安庆话，杂七杂八。回到老家后，邻居，甚至本地乡下的二嫂和三嫂都有时听不懂她的话，需要我翻译。她自己告诉我，她的母亲或是祖母或是别的什么人是广东人，说广东话，还有什么人也不是本地人，所以她的口音杂。我学说话时当然不明白这些语言区别，只是耳朵里听惯了种种不同的音调，一点不觉得稀奇，以为是平常事。一个字可以有不止一种音，一个意思可以有不同说法，我以为是当然。很晚我才知道有所谓'标准'说话，可是我口头说的话已经无法标准化，我也不想模仿标准了。"我猜，幼时接触的复杂方言，正是他"读人"法的早期应用。

"读书"的可见信息量最多，可以充分提取并推敲行间空白。"读人"的可见信息量大大减少，需要即时反应以从隐约中提炼出有效成分。"读物"则更进一步，信息场几乎全部封闭，需要人用特殊的方式打开。"物"是一种比人和书更古老的存在，"读物"则是更深入的连通方式。"我听过的话还没有我见过的东西多。我从那些东西也学了不少。可以说那也是书吧，也许这可以叫做'读物'。物比人、比书都难读，它不会说话；不过它很可靠，假古董也是真东西。"文中，金克木讲到自己在印度时"读过"的小石头、四狮柱头，山西云冈看过的石窟佛像，幼时见过的《大秦景教流行碑》，读下来有懂有不懂，却每有所得，觉得"应当像读书一样读许多物"。

读书就是读人，读人就是读物，反过来，读物也是读人，读人也是读书。这种读书知世法，破掉了认识的壁垒，世界触处连通，"到处有物如书，只是各人读法不同"。只是，因为信息场封闭，"物"并不那么好读，误解、曲解和不解所在多有。"即便是书中的'物'也不易读。例如《易经》的卦象，乾、坤等卦爻符号，不知有多少人读了多少年，直到十七世纪才有个哲学家莱布尼兹，据说读了两年，才读出了意思。这位和牛顿同时发明微积分的学者说，这是'二进位'数学。又过了两百多年，到二十世纪四十年代才出来了第一台电子计算机，用上了我们的祖宗画八卦的数学原理。"不妨这么说，思路越开阔，连通的世界越大，遇到的困难也就越多，也才能拒绝任何轻而易举即可获得认知的想法，冷峻地认识到："物是书，符号也是书，人也是书，有字的和无字的也都是书，读书真不易啊！"

四

《"书读完了"》谈的对基本典籍的选择，《读书·读人·读物》讲的是用读的方式把身经的世界连通起来，前者易简，后者变易，均为高明的读书之道。然而，汉代的东方朔可以吹嘘自己"三冬，文史足用"，唐代的杜甫能够说"读书破万卷"，"宋朝以后的人就不大敢吹大气了。因为印刷术普及，印书多，再加上手抄书，谁也不敢说书读全了"。现代人读书负担更大，"不但要读中国书，还要读外国书，还有杂志、报纸，即使请电子计算机代劳，我们只按终端电钮望望荧光屏，恐怕也不行。一本一本读也不行，不一本一本读也不行。总而言之是读不过来。光读基本书也不行：数量少了，质量高了，又难懂，读不快，而且只是打基础不行，还得盖楼房"。因此，热爱读书的人不禁要问："书越来越多，到底该怎么读？"这正是《谈读书和"格式塔"》要解决的问题。

1890年，"格式塔"由奥地利心理学家艾伦费尔斯（Christian von Ehrenfels）首先提出，"这个词作为一个术语，指的是整体性的'形'（完形）。这不好翻译，因此各国几乎都直接用德文原词'格式塔'（Gestalt）而不翻译"。在金克木看来，"所谓'格式塔'或'完形'，在中国话（汉语）中，可以说为'相'；所以用'格式塔'观点研究可以说是'定相'，简单说就是认其'相貌'。这是观其整体，而不是仅仅用分析和综合之类方法。大概可以说是定性、定量之外的'定相'。其实这是中国文化传统中常用的观点，特别是在美学传统中更为常见。古时人的许多说法和想法都是由观其'相'而来的，可以说是格式塔式的。这也是日常生活中常用的方式"。说白了，"格式塔"是把被分析综合撕碎的一切重新聚合起来的一种方式，"二十世纪有不少哲学家和科学家探讨这个望其整体的问题，不过不是都用这个术语"。

找到了中国传统可以与外国术语沟通的语词，金克木很快就用到读书上来。"我觉得最好学会给书'看相'，最好还能兼有图书馆员和报馆编辑的本领。这当然都是说的老话，不是指现在的情况。我很佩服这三种人的本领，深感当初若能学到旧社会中这三种人的本领，读起书来可能效率高一点。其实这三样也只是一种本领，用古话说就是'望气术'。古人常说'夜观天象'，或则说望见什么地方有什么'剑气'，什么人有什么'才气'之类，虽说是迷信，但也有个道理，就是一望而见其整体，发现整体的特点。"把属于迷信范畴的看相，转化为迅速判断整体的读书法，像炼丹术转为化学、占星术转为天文学一样，有巫术和科学的根本区别，却也有深处相通的成分，"不论是人还是地，确实有一种'格局'（王充说的'骨法'），或说是结构、模式"。

金克木幼年曾自学过占卜，后来总结说，"中国的占卜很复杂。简单化来说，不外两条线。一是构成一个符号体系，从符号关系中由此知彼。阴阳、五行、八卦、九宫、干支的对应排列组合（'纳音'）是基本符号体系。先天太乙神数、大六壬、奇门遁甲、'文王课'、铁板神数、星命'子评'、麻衣相法、'堪舆'罗盘等等属于这一类。带有偶然性、机动性以至欺骗性的拆字、抽签、扶乩、圆光、圆梦、黄雀衔字等不属于正宗占卜。这正宗占卜一类是把偶然的一点符号纳入全符号系统而考察其关系变化"。把偶然的符号纳入全符号系统，需要占卜的人记住排列组合的条件和变化，理解结构关系并认清条件的主次和变化，因此发现整体的特点并辨认某符号的特殊性。移用于读书，就是上面说的给书"看相"，似乎神乎其神，内里却是清明的理性。

除"看相"之外，金克木还提到了图书馆员的本领，这也跟他自己的经历有关。金克木曾于1935年至1936年间在北京大学图书馆工作，管借书还书，"那不到一年的时间却是我学得最多的一段。书库中的书和来借的人以及馆中工作的各位同事都成为我的老师。经过我手的索书条我都注意，还书时只要来得及，我总要抽空翻阅一下没见过的书，想知道我能不能看得懂。……我常到中文和西文书库中去瞭望并翻阅架上的五花八门的书籍，还向库内的同事请教。……书库有四层。下层是西文书，近便，去得多些。中间两层是中文书，也常去。最上一层是善本，等闲不敢去，去时总要向那里的老先生讲几句话，才敢翻书并请他指点一二。……这样，借书条成为索引，借书人和书库中人成为导师，我便白天在借书台和书库之间生活，晚上再仔细读读借回去的书"。

在图书馆工作，因为事涉具体，脑子飞速运转的同时，手也不能停。如此手脑并用，当然会留下深刻印象——当然，并非深刻的印象必然会变成有益的经验。善于思考的金克木，后来就把这经历总结成了读书方法："从前在图书馆工作的人没有电子计算机等工具。甚至书目还是书本式，没有变成一张张分立的卡片。书是放在架上，一眼望去可以看见很多书。因此不大不小的图书馆中的人能像藏书家那样会'望气'，一见纸墨、版型、字体便知版本新旧。不但能望出书的形式，还能望出书的性质，一直能望到书的价值高低。这在从前是熟能生巧之故。不过有些人注意了，可以练得出一点这种本事，有些人对书不想多了解，就不练这种本事。编书目的，看守书库查找书的，管借书、还书的，都可能自己学得到，却不是每人都必然学得到。"

剩下的一种工作，则是报馆编辑，这又是金克木的亲身经历。1938年，金克木到香港谋生，跟萨空了见面时，萨发现他手中拿了一本英文书，就让他晚上到报馆帮着翻译外电，"通讯社陆续来电讯，我陆续译"。第二天晚上，萨空了便请他连译带编一版国际新闻，"快到半夜时电讯猛然全来，我慌忙追赶，居然没误上版时限"。看起来履险如夷，其实却风急浪高，"要抢时间，要和别的报纸竞争，所以到夜半，发稿截止时间将到而大量新闻稿件正在蜂拥而来之时，真是紧张万分"。相对严格的实际训练，对一个能承受得住的人来说，是一种更快的学习方式，"这一年（没有休息日）无形中我受到了严格的训练，练出了功夫，在猛然拥来的材料堆积中怎么争分夺秒迅速一眼望出要点，决定轻重，计算长短，组织编排，而且笔下不停"。

要把一版报纸编下来，不但要判断新闻的重要性，还要同时兼顾本报和其他报纸，当然需要一种整体观："必须迅速判断而且要胸有全局。一版或一栏（评论、专论）或一方面（副刊、专栏）或整个报纸（总编辑负责全部要看大样），都不能事先印出、传来传去、集体讨论、请示、批准，而要抢时间，要自己动手。不大不小的报纸的编辑和记者，除社外特约的以外，都不能只顾自己，不管其他；既要记住以前，又要想到以后，还要了解别家报纸，更要时时注意辨识社会和本报的风向。这些都有时间系数，很难得从容考虑仔细推敲的工夫，不能慢慢熬时间，当学徒。这和饭碗有关，不能掉以轻心。许多人由此练出了所谓'新闻眼''新闻嗅觉''编辑头脑'。"

引申到读书，既看到整体，又能在具体情境中迅速作出判断，这大概就是《谈读书和"格式塔"》的主要用意。"若能'望气'而知书的'格局'，会看书的'相'，又能见书即知在哪一类中、哪一架格上，还具有一望而能迅速判断其'新闻价值'的能力，那就可以有'略览群书'的本领，因而也就可以'博览群书'，不必一字一句读下去，看到后头忘了前头，看完了对全书茫然不知要点，那样花费时间了。"不过，金克木没有忘记提醒，这种读书法虽然犀利，却有自己的适应局限，"说的是'博览''略览'，不是说研究，只是作为自我教育的一个部分，不是'万应读书方'"。

抛开金克木的自谦式节制，"格式塔"读书法最重要的还不是用这个方法来指导读书，而是深入琢磨这种读书法本身。或者说，不断深入摸索读书方法的过程，才是最为重要的读书法。想清楚这个问题，则可以无往而非读书："先练习看目录、作提要当然可以，另外还有个补救办法是把人代替书，在人多的地方练习观察人。这类机会可多了。书和人是大有相似之处的。学学给人作新式'看相'，比较比较，不是为当小说家、戏剧家，为的是学读书，把人当作书读。这对人无害，于己有益。'一法通，百法通'，有可能自己练出一种'格式塔'感来。"引申一下，是不是也可以练习观察物，从无字的地方读出字来呢？没错，又回到了"读书·读人·读物"。

五

前面三篇文章谈到的都是学，但每一个学习者最终都会成为老师，甚至，每个学习者同时就是老师，教与学原本没有那样截然的界限。这个情形，或许用在金克木身上再妥帖也没有了，自学成才的他，几乎每一次教的过程都是学的实验，《谈外语课本》中就写过一次这样的教学。那是1939年，抗战开始不久，"我经一位教大学英语的朋友推荐，到新搬来偏僻乡间的一所女子中学教英语。一方面是学校匆促在战火逼近时搬家，没有一个英语教员跟来，'病急乱投医'；另一方面是我急于找一个给饭吃的地方，贸贸然不自量力；于是我欣然应聘前往一处破庙加新房的中学去"。

校长跟金克木介绍了学校的基本情况，让他教四个班，从初中一年级到高中一年级，然后给了他一摞课本。回到宿舍，金克木打开教材一看，不禁大吃一惊："不知是不是原来都是兼职教员，还是年年换教员，还是做实验或则别的什么缘故，四个班的课本是四个书店出版的，商务、中华、世界、开明，各有一本，体系各各不同，编法互不一样，连注音方法都有三种：较旧的韦伯斯特字典式，较新的国际音标，较特别的牛津字典式。"好在金克木学英语"多师是汝师"，三种注音法都会，几种语法教学体系也不陌生，知识上尚可应付。"难关却出在学生身上。女孩子在十几岁时正是发育时期，一年一个样。初中一年级的还像小学学生，打打闹闹，初二的就变了样，初三的有点像大人，高一的已经自命大人，有的学生俨然是成年女郎了。"

这样上了一星期课，金克木明白过来，"光会讲课本还不能教好学生，必须先了解学生。首先必须使她们把对我的好奇心变成承认我是教她们的老师，而且还得使她们愿学、想学、认真学英语"。金克木没有说怎么解决这个问题，而是紧接着提问，"要让学生适应课本呢？还是要让课本适应学生？这才是个根本问题。我不知道怎样解决才好"。话题一转，金克木谈起自己的朋友沈仲章。沈学过不止一种外语，还会几种少数民族语言，都学得不错。他对金克木说，自己脑筋不灵，学不好什么学问，只好学点外语。经过一番琢磨，金克木明白朋友不是开玩笑，意识到学语言"不是靠讲道理，不能处处都问为什么，这个'为什么'，语言本身是回答不出来的。……学语言不费脑筋，不是说不用力气，只是说不必钻研"。

既然"学外语不费脑筋"，金克木就在自己的课堂上实行："不以课本为主，而以学生为主，使初一的小孩子觉得有趣而高一的大孩子觉得有意思。她们一愿意学，我就好教了。我能讲出道理的就讲一点，讲不出的就不讲，让课本服从学生。我只教我所会的，不会的就交给学生自己，谁爱琢磨谁去研究，我不要求讲道理。我会的要教你也会，还要你学到我不会的。胜过老师的才是好学生。教了一学期下来，我发现四个书店的课本的四种体系，各有各的道理，却都不完全适合中学生学外语之用。处处讲道理，也行；'照本宣科'，谁也会；模仿也能学会外语；但我觉得不如灵活一点，有趣一点，'不费脑筋'，师生各自量力而行。"这样试验下来，学生没有赶老师走，介绍人放了心，校长也没有找三十岁不到的金克木谈什么问题，算是顺利过关。

后来，金克木把这个教学经验总结为教师、学生、课本构成的三角形。"教师是起主要作用的，但必须三角间有线联系，循环畅通；一有堵塞，就得去'开窍'；分散开，就成三个点了。"只是，教室并非世外飞地，平面的三角形在世间就变成了立体的三棱锥："顶上还有个集中点，那就是校长，他代表更上面的政府的教育行政和当时当地的社会要求。在抗战初起时，这个顶尖还顾不得压住下面的三角形的底，'天高皇帝远'，所以我混下来了。"新中国成立后，情形大变，但金克木的三角理论仍然可以应用，"我仍以为课本只是三角之一角，不可能固定不变，也不必年年修改。需要的是基础教材，灵活运用并作补充。反正没有一种教外语的体系是完全适合中国一切学生的，所以只有靠教师和学生在实践中自己不断创造"。

1998年，金克木记下了跟马坚教授的一段对话，或可作为他实践的教学法的对照："当教师必须有一满桶水，学生才能得到大半桶水，若教师只有半桶水，学生就只能有小半桶水了。"这说法金克木不同意，"那样师生传下去，越过越少，最后只剩几滴水了。我说，教师有三个钱，要教会学生怎么得出四个钱，这样才能越过越多。他也不赞成我的话，认为是空谈"。不过，后来金克木明白了，"他是从阿拉伯文翻译《古兰经》的，讲的是读经教经。经是不可超越的。教的多，学的少，靠的是以后自己学习慢慢增加，无穷无尽。我讲的是读史，教不完，只能教入门，学生自己学，所以我的学生往往超过我。这是两种方法。学的对象和目的不同，方法也就不同，不能说谁对谁不对"。

这个教学相长的过程是不是表明，教也好学也好，都是各自独立又互相成就的"格式塔"？引而申之，是不是可以说，书、人和物可以构成一个平面的三角结构，三者之间互相交流转化。接着，那个学习着读书、读人、读物的人加入进来，平面的三角形就成了立体的三棱锥，交流转化的层次更加复杂。在绵延的时光中，那个不断创造着自己的人，是准备对"书读完了"的说法不闻不问，还是自反而缩，尝试着找出属于自己的答案呢？

往时圣哲经行迹

——金克木的读书方法之二

一

1943 年，太平洋战争爆发，加尔各答成为前线，中、英结为联盟，中国"远征军"进入印度，建了训练基地，不久美军也来到这个基地。大批中国人来到这里，原本略显冷清的加尔各答变得熙熙攘攘，中文《印度日报》社长忙于应酬，编辑部由金克木唱独角戏，"我不能适应热闹环境，便到佛教圣地鹿野苑去过半出家人的清静生活"。

鹿野苑乃释迦初转法轮之地，有佛教习惯流传，金克木便住在不收费用的"法舍"里，"每天在太阳西下时赶到中国庙的'香积厨'里独自吃下中午剩的菜饭，再出庙门便看到'摩诃菩提会'建的'根本香寺'前面大路上有'过午不食'的和尚居士或零散或结伴奔走"。这结伴奔走的方式，叫做"经行"。"古时释迦佛带着弟子罗汉菩萨的'经行'原来不是中国魏晋风流人物的'行散'。中国古名士吃五石散

109

求长生以致全身发燥，不得不宽袍大袖缓缓走动。样子飘飘欲仙，其实是要解除药性引起的烦躁。'经行'是印度人所习惯的运动，不是治病，更非闲散，乃是大步流星仿佛竞走。"

金克木加入其中，随着走来走去，以至养成了习惯，"'散'起步来不由自主便紧张移动两腿，毫无悠闲气派"。金克木穿行其中，想来是开心的，因为时常陪着饱学的老师，"住在鹿野苑的憍赏弥老居士也遵守同样的戒律习惯，到傍晚就拿起杖来上大路。我经常陪着他走"。有时还有奇遇，比如一位从斯里兰卡来的大学者，深通梵文和巴利经典，经行时，这大学者"在路上便宣讲了两句说梵文古诗优美无比的话，随即高声咏诗，唱的调子和印度的大致一样。我一听，原来是迦梨陀娑的名诗。这一节是开头，我也会背，就跟着和起来。我们两人一唱一和，声震空荡荡的原野"。

在鹿野苑当然不只是吃饭和经行，照《自撰火化铭》的说法，是"住香客房，与僧徒伍，食寺庙斋，披阅碛砂全藏，比拟梵典，乃生超尘拔俗之想"。《谈谈汉译佛教文献》里提到这段往事："我住在印度的佛教圣地鹿野苑的招待香客的'法舍'里。那地方是乡下，有两座佛教庙宇，一座耆那教庙宇，一所博物馆，一处古塔的遗址和一段有阿育王铭刻的石柱，还有一个图书室。这图书室里有一部影印的碛砂板佛教藏经，我发现这几乎无人过问的书以后，就动手在满是尘土的一间小屋子里整理，同时也就一部一部翻阅。这只能叫做翻阅，因为我当时读书不求甚解，而且掉在印度古语的深渊中不能自拔，顾不上细读这浩瀚而难懂的古代汉译典籍。"

虽说顾不上细读，可"也随手作了一点笔记，取名为《鹿苑读藏记》，当然不过是记给自己看的"。写《谈谈汉译佛教文献》的1979年，社会情形乍暖还寒，谈汉译佛典，金克木显得小心翼翼，先说自己当时在鹿野苑的"生活和心情都是应当受到批判的"，又说"前些年，由于种种原因，早已扔在一边的所谓《鹿苑读藏记》也随同其他故纸一起，被我像送瘟神一样送掉了"，然后才转回来说："我想，谈谈这庞大的佛教文献未必就是给鸦片作广告吧？假如烟之不存，自然也不必宣传戒烟，可惜这还只是理想。"

既然如此小心，却仍然禁不住要说，甚至有些时不我待的感觉，那是不是有可能，在回顾读汉译佛典的过程中，金克木发现了什么非常关键的问题？怀揣着秘密容易寝食难安，一俟社会有了小小的出口，便要设法将之传递出去。这秘密会是什么呢？

二

在《显白的教诲》中，列奥·施特劳斯说："迟至18世纪最后三十余年，有人尚持这样的观点，即所有古代哲人都曾在其显白教诲（Exoteric Teaching）和隐微教诲（Esoteric Teaching）之间做出区分。"显白的（Exoteric）即外部的、对外的意思，隐微的（Esoteric）即内部的、对内的。施特劳斯不忘提醒，"尽管判断文献资源中是否以及何时开始区分显白教诲和隐微教诲，是古典学学者的事情，不过判断这个区分本身是否重要，则是哲人的事情"。

这一区分推求起来非常复杂，起码牵扯到社会对写作者的压力和写作者对阅读者的挑选。挑最简单的说，是提示我们，读经典时须留意字里行间的意味，不要轻易错失写作者精心传递的信息。稍有一些让人犹豫的是，如此精心区分的显白与隐微教诲，会让阅读在部分意义上变成思维游戏，无论读得怎样仔细，都可能会错失文章原本想传达的意思——一个人费尽心思藏起来的东西，可能另外的许多人都无法找到。如果这个犹豫成立，那么金克木《谈谈汉译佛教文献》中提到的相似问题，就非常值得注意。

文章中，金克木谈到，汉译佛典是长期积累发展、有各种不同内容的复杂文献，译文也不是同时、地、人所出，但数量并没有想象的那么多："据支那内学院一九四五年《精刻大藏经目录》统计，连'疑伪'在内，有一四九四部，五七三五卷；如果把秘密部的'仪轨'咒语等除开不算（一般人不懂这些），就只有一〇九四部，五〇四六卷。欧阳竟无一九四〇年为'精刻大藏经'写的《缘起》中说，除去重译，只算单译，经、律、论、密四部共只有四六五〇卷。这比二十四史的三千多卷只多一半，并不比我国的经、史、子（除释、道外）的任何一部更繁，更比不上'汗牛充栋'的集部了。"

这些文献都是后起的，"历史和传说也是说佛去世以后佛教徒才开几次大会'结集'经典，那么，这些打着佛教标记的文献当然与佛教教会（佛教叫'僧伽'，意译是'和合众'）密切有关"。既然主要跟教会有关，文献就显然分为两类，"一是对外宣传品，一是内部读物。（这只是就近取譬，借今喻古，以便了解；今古不同，幸勿误会。）不但佛书，其他古书往往也有内外之别。讲给别人听的，自己人内部用的，大有不同。这也许是我的谬论，也许是读古书之一诀窍。古人知而不言，因为大家知道，我则泄露一下天机。古人著书差不多都是心目中有一定范围的读者的。所谓'传之其人'，就是指不得外传"。

上面的意思，用施特劳斯的话来说，不就是"所有古代哲人都曾在其显白教诲和隐微教诲之间做出区分"？但金克木的说法，是不是因为具体而更朴实明晰，也就避免了因过于精心而来的刻意？金克木作了一个对比，"远如《易经》，当然最初只是给卜筮者用的，《说卦》《序卦》也不是为普通人作的。近如《圣谕广训》……这可谓普及老百姓之书了。然而皇帝和贵族大臣们自己并不听那一套皇帝'圣谕'，也不准备实行，那些是向黎民百姓'外销'的。这大概是封建社会里的通常现象，中国印度皆然"。

不止上面提到的两种，在其他文章里，金克木提到过不同原因形成的内外之别。比如，恍兮惚兮的《老子》和咬嚼形名的《公孙龙子》，里面都有非常实在的内容，"不过可能是口传，而记下来的就有骨无肉了"。比如，看起来平实的

《论语》，因为"是传授门人弟子的内部读物，不像是对外宣传品，许多口头讲授的话都省略了；因此，书中意义常不明白"。就连术数类的卜卦，也需要人传授"书上含糊过去的诀窍"，否则绝难贯通。上面引文中的"传之其人"，出司马迁《报任少卿书》，"藏诸名山，传之其人"，要藏的当然是《史记》，要传的，应该是那个有耳能听的人。

《谈谈汉译佛教文献》中对内、对外的区分，主要是针对汉译佛教书籍。先谈的是"经"："佛教文献中的'经'，大多是为宣传和推广用的。《阿弥陀经》宣传'极乐世界'，《妙法莲花经》大吹'法螺'，其中的《普门品》宣扬'观世音菩萨救苦救难'，都明显是为扩大宣传吸收信徒用的。还有丛书式的四《阿含》经、《大集经》《宝积经》，甚至《华严经》《般若经》也大部分似对内，实对外。还有'内销'转'外销'的，如《心经》(全名是《般若波罗蜜多心经》)，本来是提要式的口诀，连'十二缘生'都只提头尾两个，可见是给内部自用的；大概因为其中说了'度一切苦厄'和'能除一切苦'，又有神秘的咒语，便成为到处配乐吟唱应用的经文，也用来超度死人和为早晚做佛事之用了。此外，许多讲佛祖传记和'譬喻'故事的，包括著名的《百喻经》，都是对外宣传品。"

"内部读物"，首先是"律"。"各派自有戒律，本是不许未受戒者知道的。原来只有些条文('戒本')，其他应是靠口传，不对外的。可是有些派别的戒律也都译出来了。晋朝的法显和唐朝的义净还'愤经律残缺'，远赴西天，又求来两派的。一个得来《摩诃僧祇律》，一个得来《根本说一切有部律》。加上另两派的《四分律》《五分律》，以及《十诵律》，都是几十卷的巨著，不但有律文，还有案例。……这类'不得外传'的书对于现在喜欢文学和历史的读者当然很有意思，可是其中有的部分仿佛是'暴露文学'，确实是'不足为外人道也'。记述佛教内部分裂成为一些山头派别的，除律中的'破僧'事以外，还有《异部宗轮论》（另有两译），也不会是给外人看的。"

"内部读物"的另一部分，是"论"。"算在'论'里的一些理论专著，有的实是词典，如《阿毗达磨集论》，或百科全书，如《阿毗达磨俱舍论》。'俱舍'就是库藏，现代印度语中这词就指词典。有的是以注疏形式出现的百科全书，如《大智度论》。有的是本派理论全集，如《瑜伽师地论》。还有类似这两种的，如《发智论》和《大毗婆沙论》。有的是理论专著或口诀，如《解脱道论》（巴利语本为《清净道论》）、《辩中边论》《唯识三十论》《因明入正理论》。有的是内部辩论专著，如《中论》《百论》。有的是专题论文，如《观所缘缘论》。还有两部不属佛教的理论书，《金七十论》和《胜宗十句义论》，更是供佛教徒内部参考了。这些都是有一定范围的读者对象的。著书的目的本不是为普及，所以满纸术语、公式，争论的问题往往外人看不出所以然。'预流'的内行心里明白，'未入流'的外行莫名其妙。"

佛教文献一般分"经""律""论"三藏，以上所言，大体已明。另有一种文本，则是秘密部的经咒，"本身当然是对内的，而应用却往往对外，借以壮大声势，提高神秘莫测的地位。这究竟是怎么回事？所有只供应内部的书，包括以上所说各类，其内容都是不便对外人说的"。写到这里，金克木忽然欲言又止，不知道这是不是施特劳斯所说的哲人的审慎——"我不敢说知道，自以为知道的也不敢对外说；'内外有别'，说出来怕会招致'内外夹攻'，何苦来呢？真想知道的自会硬着头皮往里钻，不致无门可入，用不着我多嘴。"有趣的是，这审慎里仍然透露出些许消息，悄悄指导了这类文献的阅读方式，有心人大概不难琢磨出其中包含的"隐微教诲"。

结合"对内""对外"，金克木提示注意佛教文献的修行特征。"佛教理论同其他宗教的理论一样，不是尚空谈的，是讲修行的，很多理论与修行实践有关。当然这都是内部学习，不是对外宣传的。在'律'中不但讲教派历史，讲组织纪律，还为修道人讲医药。还有用心理方法治疗精神病的《治禅病秘要经》之类，以及一些治病和驱鬼的咒语。这些都是在山林中修道所必需的。当然治病咒语也可对外。"或者不妨说，佛教"修行"讲求实际效果，跟《老子》和《公孙龙子》里"实在的内容"相应，也与施特劳斯强调的"政治哲学"有关，都是理论不曾脱离的"实"的一种。有了这种实，"对内""对外"才是有益的自然区分，而不是虚张声势的胡乱标榜。

三

谈对内、对外也好，讲修行、求实际也罢，金克木指出这些，并非要把人引入信仰，而是让非宗教信仰者和非宗教研究者也能对佛教典籍略知一二，因此主要谈的是如何入门。《谈谈汉译佛教文献》提到了编目问题："无论为教内或教外，应当有一个经过整理的编目，删芜，去复，分门，别类，标明所崇佛或菩萨的教派，分出各主要哲学体系，不受宗派成见束缚，指出其内容要点，说明各书间关系，列举已刊或待刊的原本或同类的原书以及各种语言的译本。那样一来，全部文献的情况就比较清楚了。"

1983 年，金克木把关于编目问题的思考写成《关于汉译佛教文献的编目、分类和解题》，提出从比较文化角度着眼，不脱离宗教实际，能为一般读者阅读的汉译佛典整理方式，对编目、分类、解题、校注各有说明。其中分类拟十类分法，解题建议分简繁两种。"像明朝智旭的《阅藏知律》和日本小野玄妙的《佛书解说大辞典》那样的题解不需要重作了。那是'属内'的，是给懂行的（或说'受戒者'）看的。现在要有'属外'的做法。……解题不是提要，想知道内容可以查《阅藏知津》。难在要从各类中找出互相关联的体系，分别发现其中主要典籍，提纲挈领，有详有略，而不是逐本书地去讲解，因此这是最难的一步工作。这需要'辨章学术，考镜源流'。"

编目思路既定，汉译佛典整体情形已现。意犹未尽，1986年，金克木又写了《怎样读汉译佛典——略介鸠摩罗什兼谈文体》。文章提到两种不同的认识世界的方式，"科学研究总是割裂进行的，是在原子论和系统论的哲学思想指导下又分析又综合的。这是一种方式。另有一种方式是我们用得最多而习以为常不觉得可以也是科学方法的。我们从来不可能同时仅由感觉知道一件东西或一个人的全面、全部。一间屋子、一个人，我们看到这面就看不到那面。我们又不是将里里外外四方八面都考察到了然后综合起来才认识这间房子或则这个人的。但这并不妨碍我们对房子和人的认识。以偏概全固然不可，由偏知全却是我们天天在做的"。从了解文化着眼，便不得不试着由偏知全，如此，读书才既能"胸有成竹"，又能"目无全牛"，还能"小中见大"。这种方法，或许就是老子所言的"损之又损"？

方法确定之后，金克木追溯了一座佛、一尊菩萨、一位居士、一个术语的文献来源，"发现这些和中国最流行的几个佛教宗派大有关系。阿弥陀佛（意译是无量寿佛或无量光佛）出于《阿弥陀经》。这是净土宗的主要经典。观世音菩萨出于《妙法莲华经》（简称《法华经》）。这是天台宗的主要经典，也是读的人最多的一部长篇佛经。禅宗几乎是同净土宗相等的中国佛教大宗派。这一派的主要经典是《金刚经》，同时还有一些讲'禅定'修行法门的经典。至于那位著名的居士维摩诘则出于《维摩诘所说经》（简称《维摩诘经》）。这是许多不出家当和尚的知识分子最喜欢读的佛经"。

这四部最流行的佛经，译者都是鸠摩罗什（344—413），父亲是印度人，母亲是龟兹国的公主。他七岁从母出家，九岁随母到印度，在古印度文化的发达中心克什米尔一带求学。十二岁随母离开印度回中国，在沙勒（现在新疆的疏附、疏勒）学习。鸠摩罗什通晓梵文、汉文和中亚语，学识广博。402年，羌族的姚苌、姚兴灭前秦，建立后秦，将其迎至长安，此后他便在此翻译讲学。短短十二年，鸠摩罗什翻译了七十四部佛典，组成了一个学术团体，有道生、僧肇、僧叡、僧融四大弟子。

尽管重译不断，什译四经却一直流行。问题不止在译本优劣，"单就翻译本身说，唐朝的玄奘胜过了鸠摩罗什。前面提到的《阿弥陀经》《金刚经》《维摩诘所说经》都有玄奘的新译，改名为《称赞净土佛摄受经》《大般若经·第九会》（或独立成书）《说无垢称经》（无垢称是维摩诘的意译）。可是奘译未能取代什译。一直流行下来的仍然是鸠摩罗什的译本。《妙法莲华经》有较早的西晋另一译本《正法华经》，也不通行"。流行不流行，要看文化的发展，"翻译是两种文化在文献中以语言交锋的前沿阵地。……语言各要素都是在文体中才显现出来的。文体的发展是和文化发展密切有关的。鸠摩罗什不仅通晓梵、汉语言，还了解当时双方文体的秘密，因此水到渠成，由他和他的门徒发展了汉语中书面语言的一种文体，起了很长远的影响"。

当时双方文体的秘密是什么？从战国起到汉魏晋盛行的对话文体、骈偶音调、排比夸张手法已充分发展，三者合起来就是由楚国兴起而在齐、秦发展的戏曲性的赋体。这也正是梵文通行的文体，也是佛经文体。"固定程序的格式，神奇荒诞的内容，排比夸张的描写，节奏铿锵的音调，四者是当时双方文体同有的特点，一结合便能雅俗共赏。"这样，鸠摩罗什便能"发现双方的同点而用同点去带出异点，于是出现了既旧又新的文体，将文体向前发展一步"。虽然译文文体还在摸索当中，"还有点不顺，不雅，但稍稍熟悉以后便能欣赏，可以在汉语文学中占有相当的位置"。

文体只是一个方面，译本能够流传，要"内容能为当时群众所利用以应自己的需要，能加以自己的解说而接受，那么传达内容的文体形式就能发挥其作用"。对上面提到的四部经来说，能为群众利用的是："阿弥陀佛只要人念他的名号即可往生西方'极乐世界'。观世音菩萨能闻声救苦，念他的名号就能水火不伤，超脱苦难。维摩诘居士不必出家当和尚即可'现身说法'，无论上中下人等都可以作为维摩诘的形象。《金刚经》只要传诵'一偈'就有'无量功德'。这些自然是最简单的宗教利益。由此产生信仰。既信了，道理不懂也算懂了。而且越不懂越好。更加深奥也就是更加神秘和神圣。因此，大量的术语和不寻常的说法与内容有关，可以不必细究。"

欲从这四部经再进一步，仍可以选鸠摩罗什的翻译。"一是《弥勒下生经》和《弥勒成佛经》。弥勒是未来佛，好像犹太人宣传的弥赛亚和公元初基督教的基督（救世主），南北朝时曾在民间很有势力，后来又成为玄奘所译一些重要哲学典籍的作者之名。二是《十诵律》。当时印度西北最有势力的佛教宗派是'一切有部'。这是他们的戒律。不过这不全是鸠摩罗什一人所译。若想略知佛教僧团（僧）组织和生活戒律的梗概，可以先略读此书。三是《大庄严论经》和《杂譬喻经》。这是宣传佛教的故事集。前者署名是古印度大诗人马鸣，实是一个集子。四是几部重要的哲学著作，最著名的是《中论》《百论》《十二门论》。这些产生了所谓'三论宗'。这些书比较难读，需要有现代解说。同类的还有《成实论》，曾产生了所谓'成实宗'。《大智度论》和大小两部《般若波罗蜜经》，前者是后者的注解，有一百卷。……鸠摩罗什译的讲修'禅'的书有：《坐禅三昧经》《禅秘要法经》《禅法要解》。他的门徒道生是主张'一切众生皆有佛性'和'顿悟'并且能'说法'使'顽石点头'的人，实际上开创了禅宗中'顿'派的先声。鸠摩罗什译的是正规的禅法，是所谓'渐'派的。"

谈这些旧典籍，是因为金克木意识到，"我们今天需要了解中外文化和古今文化接触时的情况。探古为的是解今"。如果没看错，金克木谈论古的目的一直是为了今，从不是为发思古之幽情或反古之道。他的文章，"看来说的都是过去……可是论到文化思想都与现在不无关联"。他读的书，"虽出于古而实存于今……所以这里说的古同时是今"。金克木关注的，始终是古与今的相通性。对他来说，"所有对'过去'的解说都出于'现在'，而且都引向'未来'"。

四

探古解今，不单要关注现在和未来，还要"匪唯摭华，乃寻厥根"，将传而未断的思想各复归其根，"莫看枝叶茂盛四方八面，追到根只是一小撮"。1995 年的《传统思想文献寻根》，可以看成金克木寻根思路的一种尝试，所谓"可以由今溯古，也可以由古见今，将古籍排个图式以见现代思想传统之根。我想来试一试"。当然，化繁为简的追根尝试仍然是但观大略，难免会有漏洞，却并不是胡乱猜测，"这样一眼望去其实并不是模糊笼统，而是积累了无数经验，包含着经过分析综合成立的不自知觉不必想到的'先识'的，否则就下不了格式塔（完形）的判断"。

相较前面提到的四部经，文章里去掉《阿弥陀经》，补入《华严经》《入楞伽经》和《心经》，共六种。这个选择只是因不同思考路径产生的差别，并非对各经重要性的分别，想来不至有人误会。金克木对这六本书的解说，结合了前面提到的"对内""对外"区分，并注意修行特征，要言不烦又四通八达，很可能是照他《关于汉译佛教文献的编目、分类和解题》中解题的简式要求写的——"指出这部书的性质、形式、内容要点、文献地位（与其他书的关系）、社会功能（在中国社会历史上的作用）、读法等等，但不是每部书都全说到，每一项也只须讲要点。"

《妙法莲华经》。"这是一部文丛。思想中心是信仰。任何宗教离不开信仰，没有信仰的不是宗教。有信仰，不叫宗教也是宗教。信仰属于非逻各斯或非'道'，不能讲道理。讲道理无论讲多少，出发点和归宿处都是信仰。有理也信，无理也信。信的是什么？不用说也说不清楚。讲道理的方式多是譬喻或圣谕。对一个名字，一句话，一个符号，无限信仰，无限崇拜，这就是力量的源泉。这部经从种种方面讲说种种对佛法的信仰，不是讲佛法本身。信仰是不能分析的。信仰就是好。'就是好来就是好。'这就是非结构性语言。妙法或正法如莲华，也就是莲花。经中有大量譬喻。"

《华严经》。"这是更大规模的文丛。思想中心是修行。仅有信仰还不成为宗教，必须有修行。修行法门多种多样。修行有步骤。经中说明'十地''十回''十行''十无尽藏''十定''十通''十忍''十身'以及'五十三参''入法界'等等境界、层次、程序。不管怎么说，切实修行才知道。空口说信仰不能算数，要见于行动。没有行为，一切都是白说。修行境界如何美妙，那就请看'华严世界'。'华严'就是用华（花）庄严（装饰）。"

《入楞伽经》。"这也是文丛。和前两部经的兼有对外宣传作用不同，这部经好像是内部高级读物，还没有整理出定本。思想中心是教理，要求信解，本身也是解析一切，所谓'五法、三自性、八识、二无我'。宗教也要讲道理，佛教徒尤其喜欢讲道理，甚至分析再分析，但不离信仰和修行。这是逻各斯，又是非逻各斯，是神学中的哲学，所以难懂。……讲宗教道理深入又扩大到非宗教，其中包孕了种种逻各斯和非逻各斯道理，可以用现代语言解说，也就是说很有当代新义，几乎是超前的预测。……经中少'中观'的破而多唯识的立，又有脱离语言的'不可说'，在中国曾有很大影响，出现过'楞伽师'。"

《金刚经》(《能断金刚》)。"这像是一篇文章，是对话记录体。思想中心是'智慧'，要求悟。这种智慧是佛法特有的，或说是其他宗教含有而未发挥的。讲的是逻各斯和非逻各斯的同一性，用现代话说，仿佛是理性与非理性的统一。这与《楞伽经》的分别层次不同。经中一半讲深奥的道理，一半宣传信仰本经。所说的道理不是一项而统一于所谓智慧即般若。……《楞伽》《金刚》都说要脱离语言文字，而语言越说越繁，术语越多。"

《般若波罗蜜多心经》。"简称《心经》，或《般若神咒》。这是一篇短短的咒语体的文章。思想中心是'秘密'，或用现代话说是神秘主义。经中网罗了佛法从简单到复杂的基本思想术语而归结于神咒，或般若，即'智慧'。这本来是六波罗蜜多即到彼岸法门之一，现已成为独立大国包罗一切。这可以说是佛法道理的总结本而出以咒语形式。不仅末尾几句不可译，全文都是咒语。咒语就是口中念念有词，把几句神谕不断重复以产生无边法力。我们对此并不生疏。不过真正咒语读法是要有传授的。'心'是核心，不是唯'心'的心。"

《维摩诘所说经》。"这是一部完整的书，可以说是教理哲理文学作品。《心经》是密，对内；这经是显，对外。看来这是供非出家人读的。思想中心是融通。中心人物是一位居士维摩诘。他为种种人以种种方式说法。说法的还有散花的天女。经中故事和道理都可以为普通人所了解接受。若说前面五经都是内部读物，《法华》《金刚》不过是包括了对外宣传，这经就是对外意义大于对内。"

这是金克木深思熟虑过的六部经，写的时候简之又简，索性就照抄一遍。限于篇幅，省略了版本信息，不过这并非不重要。比如介绍《妙法莲华经》，"通行鸠摩罗什译本，读任何一品都可见其妙"，正跟前面的"信仰就是好"照应；"这类文献在古时都是口传和抄写流通的"，则点出了印度古代文献的流传特点。《维摩诘经》的版本介绍中说，"我不知道近年有无原文发现"，此文写完四年后的 1999 年，日本学者在布达拉宫发现了梵文本——虽然有人怀疑这本子是据译本回译的。

在金克木看来，这六部经书虽是外来，却深植于中国传统，"分别着重信、修、解、悟、密、显，又可互相联系结合成一系统。这里不是介绍佛典，只是查考深入并散播于本土传统思想之根中的外来成分。伏于思想根中，现于言语行动，不必多说，读者自知"。需要说明的是，六部经中的两部，金克木写长文介绍过，分别是《再阅〈楞伽〉》和《〈心经〉现代一解》，更为详尽周全，结合此篇来读，或可收事半功倍之效。

五

　　《传统思想文献寻根》于六部佛经之外，又提出本土经书六部，不过并非传统的"六经"。与传统"六经"相合的四部，分别是《周易》《尚书》《春秋》《诗经》。加入的两部是《老子》和《论语》，跟六经的关系千丝万缕，不妨看成最早的六经阅读笔记。传统六经是儒家经典序列，加入《老子》之后，经典序列由一而二，变为儒、道并行。儒、道并行的经典序列自有特点，跟佛法相比，差别明显。"佛法的个人性明显，倾向于分散。儒、道这方面则政治性极强，倾向于全体，集中。也可以说，双方的轴线一致而方向相反。佛法是从个体到全体，无序。孔、老是从全体到个体，有序。"

　　本土的六部经书，《周易》是核心，为体，兼天地人三才。"这是一部非常复杂而又有相当严密的程序或体系的书。有累积的层次，又可说是一个统一体。累积上去的有同一性。思想中心能不能说是乾坤即天地的对立统一？统一于什么？统一于人。人也就是自然。统一中的基本思想是一切有序又有变。'用九，见群龙无首，吉。'真妙！这一思想成立之后就绵绵不绝持续下来，或隐，或显。"后者是变化，为用，牵扯到政治和修炼两端。"这在两汉是不成问题的。司马迁的父亲司马谈讲得很明白。汉文帝好'黄、老'之术。所谓汉武帝崇儒术不过是太学中博士的专业设置，是士人的做官途径，与帝王官吏无大关系。皇帝喜欢的照旧是神仙。"

由《易》《老》的体、用，发展出记言、记事两翼。《尚书》是"政府原有的和增加的和构拟的档案"，"是甲骨钟鼎刻石以外的官府文告集，也就是统治思想大全，是《易》《老》的具体发展验证。这是记言的书，包括了政治、经济、法律、军事，还有和《易》的序列思维同类的《禹贡》九州，《洪范》九畴、五行等等"。《春秋》文中指公羊传本，参照穀梁传本。"这本来是鲁国记政事的竹简书，一条一条的，依年排列，是有序的档案，是记事的书。由《公羊传》发挥的《春秋》的事加上《尚书》的言，是秦汉思想发展《易》《老》的两方面。《公羊》尊王、一统、'拨乱世，反诸正'等等思想贯串于全部中国历史。"

《诗》原先流行的是齐、鲁、韩三家，后来《毛诗》独传，成为《诗经》。《诗》记情，在"经"的位置上却有复杂的政治身位。"《风》是中原各国民谣和个人创作由官府选集配乐舞的歌词。《雅》《颂》是帝王的雅乐，专业歌手及官吏的作品。后来天子失势，大约从东周起，中央政府便没有这种文化职能了。所以《孟子》说：'王者之迹熄而《诗》亡，《诗》亡而后《春秋》作。'这是说，中央政府名存实亡，统一的天子的'采风'（汉代又建乐府）没有了。各国不编集诗而记自己的政事了。……《毛诗》的思想中心是官民一致歌颂帝王统一天下。《毛诗》的《序》就是说明诗的政治用意。《大序》还说：'言之者无罪，闻之者足以戒，故曰风（讽）。'这也许就是四家《诗》中《毛诗》独存之故吧？这传统一直未断。"

《论语》不是官书，在汉代不显，唐以后成为首要典籍。"东汉郑玄合编三种传本为一部以后有种种解说。元、明、清三朝由帝王钦定朱熹一家《集注》独尊。为什么在佛教思想进来以前和以后《论语》地位大变？此问难答。除思想有特色外，还有一点很明显，那就是文体。书中有很多对话，不属官方，而属民间，还不限于师徒。有一些个人思想感情活动的简要生动记录。人物性格相当鲜明，不是道具。"因为交谈的双方多是君臣、师徒，《论语》陈述及判断多，缺少论证环节，却有一些未完整表达出来的推理，表现了典型的中国式逻辑。"此经的思想中心可以认为是说理。"

讲完佛教六经和本土六经，金克木比较其间的异同，探讨所以流行之故。除了上面提到的个体和全体之别，还提到："《老子》骂统治者决不是反政治，倒是提出了一套更高明的政治见解。所以汉、唐、宋大皇帝都自以为懂得并且欣赏这一套。小国寡民自给自足的小单位如公社更有利于大帝国天子的统治。工商业交通发达，诸侯强盛，帝国就不容易照原样维持安定了。中国的神仙也是非常世俗的。印度本土缺少大皇帝。佛法赞转轮王，佛国气魄浩大，更接近中国的多方一统。在印度，佛法除在三个大帝国时期兴旺以外，终于灭亡，传到中国反而发展，尤其是为兴盛起来的少数非汉族民族的帝王崇奉。孔、老思想离不开天下和天子。佛国无量构成'世界'，可以合于'天下'。"

上面这段话，忽然让我想起一件事来。有位学生前去拜访，金克木突然问他："我的书，你们能读懂吗？"拜访者答曰："有些能，有些不能。"金先生断然说："你们读不懂，我不是搞学术的，我搞的是××。"很多人对这个"××"是什么感兴趣，我也是。我甚至试着把一些想到的谜底代入他的文章，可猜来猜去也猜不出究竟是什么。不知这篇寻找传统思想之根的文章里，是否埋藏着可能的线索呢？

话说远了，回到文章。金克木在文章最后画了两个图示，十二部经由此成为整体，玲珑剔透的结构就此形成。完成后的结构（"看相"能够看出的"相"）是人的精神DNA，携带着搭建这结构的人根源处的卓越和可能的局限，有意者不妨就此观看金克木的读书格局——

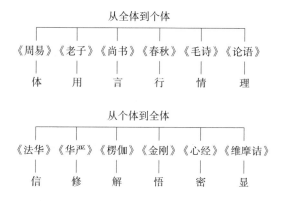

需要留意的是，这个完成的结构，并非凝固不变，从不同的角度出发，甚至可以形成另外的结构；沿着每一部经深入下去，也会让这一结构发生轻微的变化。写于1994年的《"古文新选"随想》，从中国特有的逻辑思想和文体角度，

选七篇文章，略加解说，点出其中奥妙，就是另外一种结构的尝试。写于不同时期的《世纪末读〈书〉》《〈春秋〉数学·线性思维》《古书试新读》《〈论语〉"子曰"析》《文体四边形》等，则对具体典籍各有深入探讨，补足《传统思想文献寻根》的未尽之义，同时有新的意思涌现。如果把这些文章收集起来，损益其中的解说，说不定也可以排出一个属于自己的读书结构？

六

金克木讲过一个猴子的故事："有位德国心理学家作实验，把一只猴子关进一间空屋。屋里正中央悬挂着一根绳，拴着香蕉，恰恰比猴子跳跃所能达到的高度还高些。屋角放着一根棍子。猴子见到香蕉，便跳起去拿。奋力跳跃得不到，于是它蹲下来思索，又四面张望，发现了棍子。过不多久，猴子跑过去拿起棍子，毫不犹豫地向香蕉打去。"说实话，看了金克木给出的中国思想的文献结构，我觉得自己很像那只猴子，迫不及待地想要找到一根棍子，敲落他心目中的西方思想的文献结构。

可惜的是，虽然金克木曾受傅斯年怂恿，发愿从罗马帝国上溯希腊，追查欧洲文化的老根，可除了节译过恺撒的《高卢战记》，攻读过吉本和蒙森的罗马史，"发现希腊之中无罗马而罗马世界有希腊"，却未能将这一愿望贯彻下去。

因此之故，尽管《"书读完了"》给出西方思想和文学的基本书目，也在后来的文章中反复谈到西方思想的特点，金克木终究没有像《传统思想文献寻根》那样给出简要的西方文献结构——我虽然看到了手边的棍子，可没能找到那根香蕉。

当然，上面的比方并不太确切，虽没有像梳理传统那样从头梳理西方文献，但并不说明金克木对西方的认知没有系统。相反，除了古希腊和古罗马涉及较少，即便不算他翻译的天文学和感兴趣的各类科学，金克木文章中经常提到中世纪以来——尤其是启蒙以来的西方人物和作品，还经常不失时机地指出恰当的阅读方式。这样看，前面的比方或许应该更恰当地表述为，我看到了手边的棍子，敲下了一根没有完全成熟的香蕉。

关于西方思想文献的读法，我印象最深的是《〈存在与虚无〉·〈逻辑哲学论〉·〈心经〉》。文章指出，外国大学往往有一道门限，"这不是答题而是一种要求。教授讲课只讲门限以内的。如果门限以外的你还没走过，是'飞跃'进来的，那只好请你去补课了，否则你不懂是活该"。跨过门限，才算来到了读书的起跑线上："读哲学书的前提是和对方站在同一条起跑线上，先明白他提出的是什么问题，先得有什么预备动作或'助跑'，然后和他一同齐步前进，随时问答。这样便像和一个朋友聊天，仿佛进入柏拉图的书中和苏格拉底对话，其味无穷，有疙瘩也不在话下了。"

或许这也不只是西方的教学情形，中国老一辈学者同样如此。其中一派，"只指出并拣开拦路石，让你会读，至于书的内容则要你自己去想"——这是指出门限的位置并点明跨越之道。另外一派则是,"只发挥对书中内容的自己见解,至于书怎么读,要你自己去背诵,去查考"——这是讲门限以内的知识,学习者要自己去摸索门限的所在。这两派都把学生当作和先生水平差不多,教学并非"发蒙","因而会把准备不足的学生带进五里雾中"。要想有所成就,还是要靠自己钻研。

意识到上面的问题,可以尝试福尔摩斯式读书法:"这不是兢兢业业唯恐原作者打手心的读法,是把他当作朋友共同谈论的读法,所以也不是以我为主的读法,更不是以对方为资料或为敌人的读法。……这样读书,会觉得萨特不愧为文学家,他的哲学书也像小说一样。另两本书像是悬崖峭壁了,但若用这种读法,边看边问边谈论,不诛求字句像审问犯人,那也会觉得不亚于看小说。这三本深奥的书若这样读起来,我以为,一旦'进入角色',和作者、译者同步走,尽管路途坎坷,仍会发现其中隐隐有福尔摩斯在侦查什么。要求剖解什么疑难案件,猜谜,辩论,宣判。"

另一篇印象深刻的文章,提到笛卡尔的《方法谈》,重点分析开头两章,"说明他的思想历程和他在二十三岁时所达到而且开始运用的方法",分四条:"第一,不接受任何不能由理性明确认为真实的东西。第二,分析困难对象到足够求解决的小单位。第三,从最简单容易懂的对象开始,依照先后次序,一点一点一步一步达到更为复杂的对象。第四,要列举一切,一个不能漏过,才能认为是全面。简单说就是:

一、审查依据。二、将复杂对象解析到简单才着手。三、由简单逐步引向复杂。四、要求全面。这四条合起来很可能就是我们平常不自觉地接收、分析、综合、理解外来信息的自然程序。不过是脑中运转极快成为习惯,所以不觉得。"在金克木看来,这是三百多年以来科学方法的出发点,世界再怎样变化,都没有离开,更没有违反这个出发点。

再一篇文章,是发表于1993年的《奥卡姆剃刀》。"英国奥卡姆的威廉是十四世纪的经院哲学家。他提出所谓'思维经济原则',名言是'如无必要,勿增实体'。所谓'实体'即'共相''本质''实质'等可以硬加上去的经院哲学的抽象普遍概念。他主张唯名论,只承认一个一个的确实存在的东西,反对唯实论,认为那些空洞的普遍性概念都是无用的累赘废话,应当依此原则一律取消。"

这看起来平平无奇的话,一旦放入具体社会情景,就展现出犀利无比的风姿。1998年写的《逃犯的剃刀》中,金克木提到了其革命性意义:"可以形象化地说,这把剃刀出来以后,不但剃去了争论几百年的经院哲学,剃秃了活跃一千年的基督教神学,使科学、哲学从神学分离出来,而且从此开始了欧洲的文艺复兴和宗教改革,也就是全世界现代化的第一篇章或说是序曲。"

知道门槛是基础,确定起跑线是入门,科学方法是途径,思维经济是攻坚利器,福尔摩斯读书法可以保护读书乐趣,掌握了其中的关键,或许就可以试着走进近代以来的西方文献之林?可能有的一个缝隙是,这个近代只是金克木进

133

入西方近代文献的方式，还是读中西古典都适用的可能思路？如果是后者，那应该算局限还是优点？这问题当然用不着立刻给出答案，可任何犹豫和怯懦也无济于事——"走路要先问什么路，什么方向，怎么走，记住无形中有一把剃刀被历史愈磨愈快。"

子兴视夜，明星有烂

——金克木学天文

一

1936 年春夏间，金克木从北京大学图书馆辞职，跑到杭州西湖孤山下的俞楼暂住，全力翻译《通俗天文学》。戴望舒来访，见原本写诗的金克木在译天文学，不禁大为惊异，"他约我去灵隐寺，在飞来峰下饮茶。正值春天，上海来的游客太多，我们只好避开拥挤的人群，找到一处冷僻的小馆子饮酒吃饭。他刚从上海来，很快就回去，竟像是专程前来把我从天上的科学拉回人间的文学的"（《一九三六年春，杭州，新诗》)。

或许是因为戴望舒名声太大，人们高估了他的影响力；或许是因为金克木语焉未详，读文章的人把意图当成了已然，反正在很多人印象中，是戴望舒善意而果断地阻止了金克木继续把精力投放在天文学上。真实情况，可能并没有那么传奇。杭州见面之后，大约对劝说的成效并不自信，戴望

135

舒用双方都熟悉的方式，写下了《赠克木》，用金克木的话来说，"其实是'嘲克木'"。原诗有点长，节引如下——

记着天狼、海王、大熊……这一大堆，
还有它们的成份，它们的方位，
你绞干了脑汁，涨破了头，
弄了一辈子，还是个未知的宇宙。

不痴不聋，不作阿家翁，
为人之大道全在懵懂，
最好不求甚解，单是望望，
看天，看星，看月，看太阳。

也看山，看水，看云，看风，
看春夏秋冬之不同，
还看人世的痴愚，人世的倥偬：
静默地看着，乐在其中。

乐在其中，乐在空与时以外，
我和欢乐都超越过一切境界，
自己成一个宇宙，有它的日月星，
来供你钻究，让你皓首穷经。

诗不难明白，大意是说宇宙太广阔，无论怎样钻研，都是未知的部分大于有知。人不妨看星看月，却更应该随遇而安，行到水穷，坐看云起，体味其中蕴含的乐趣。这当然是希望金克木回到对人世的抚摸与咂摸，不要费精力于无穷之地。有意思的是，戴望舒还有更深入的提示，劝说孜孜钻研天文的友人不必骛远，而把自身看做宇宙，不断深入理解。

写这首诗的时候，戴望舒三十一岁，已经历过了很多的人世情形，心思渐渐收敛，更关注怎样守住自己的局限，诗中明显流露出倾向于艺术的意思。小七岁的金克木正年轻气盛，还未必能充分体会戴望舒的用心，因此《答望舒》里有解释，更多的却是各行其志的决绝——

　　　　星辰不知宇宙。宇宙不知人。
　　　　人却要知道宇宙，费尽了精神。
　　　　愈趋愈远，愈结成简单的道理：
　　　　不知道宇宙因为不知道自己。

　　　　欲知宇宙之大乃愈见其小。
　　　　欲知人事之多乃愈见其少。
　　　　"日光之下并无新事"。
　　　　知与不知，士各有志。

　　　　因为人生只有生殖与生存，
　　　　理智从来无用，意志又无根，
　　　　艺术宗教都是欺人自欺，

大家无非是逢场作戏。

自知其不知乃是真知。
求糊涂的聪明人都是如此。
这样的人才有无比的痛苦，
自己的聪明和他人的糊涂要同时担负。

答诗比赠诗更长，单是对学天文的辩护就占了三分之一左右的篇幅，这里也是截取了全诗的一部分。"知与不知，士各有志"应该是对戴劝其放弃天文学的答复，"自知其不知乃是真知"则可以看成金自己的道路选择。比起戴望舒的倾向艺术，金克木显然对艺术（和宗教）都不太信任，引用柏拉图"自知其不知"，或许表明他更偏于哲学，并已有"自己的聪明和他人的糊涂要同时担负"这样的洞见——虽然表述上略显不够节制。两诗对比阅读，大体可以看出戴望舒与金克木的性情差别，如果从他们整个生命轨迹来看，诗中似乎也隐隐埋藏着未来各自的命运线索。

应该是赠答完成后不久，回南浔奉母的徐迟邀请金克木去他家居住。"我当时翻译《通俗天文学》，还缺一些，便坐在沙发里续译。徐迟给我一块小木板放在沙发上架着。我便伏在板上译书。……我在他家住了大约一个月，译完了《通俗天文学》。"（《少年徐迟》）书译出后，金克木托曹未风卖给商务，得了一笔钱，于是"回北京后，下决心以译通俗科学书为业"（《译匠天缘》）。可见，戴望舒的劝说和赠诗并没有让金克木结束学习天文的进程，此后的终止肯定另有原因。写这篇文章，其实就是想弄清楚，金克木是如何迷上天文学的？他为何会中断这一过程？天文带给了他些什么？

二

　　关于为何迷上天文学，金克木有两个说法。其中一个出自《遗憾》："于是想起了看《相对论 ABC》迷上天文学夜观星象的我。那时我二十几岁，已来北京，曾经和一个朋友拿着小望远镜在北海公园看星。"文中提到的《相对论 ABC》，当为罗素的著作（*The ABC of Relativity*），首版于 1925 年。王刚森将其译为中文，分为上、下两册，世界书局于 1929 年和 1930 年印行。据后文可知，金克木对天文学发生兴趣在 1933 年，其时他刚刚通读完英文原本《威克斐牧师传》，初步领略了英文之妙，不知是否有能力阅读罗素介绍新科学成果的英文原作，或许翻看的是王刚森译本。

　　这个看书迷上天文学的说法，金克木只在上述文章中提过一次，没有其他证据支持，无法展开讨论。他的另一个说法，提及了相关线索，搜求起来就方便多了。这个另外的说法出自《译匠天缘》："偶然在天津《益世报》副刊上看到一篇文，谈天文，说观星，署名'沙玄'。我写封信去，请他继续谈下去。编者马彦祥加上题目《从天上掉下来的信》，刊登出来……那位作者后来果然在开明书店出了书，题为

《秋之星》，署名赵睾怀。想不到从此我对天文发生了浓厚兴趣，到图书馆借书看。"

查天津《益世报》，署名沙玄的文章数量不少，多数与天文有关。1933年6月22日，该报"语林"版刊出沙玄的"谈天杂录"专栏，发文两篇，其一《只知天文不知地理》标明"代序"，可见是专栏开篇。此后又于6月24日、6月25日陆续刊发他的三篇谈天文章，最后一篇文末注"暂告段落"。过了一个多月，该报同版又开始刊载他的"谈天杂录续"，8月27日刊之一、之二，8月28日刊之三，8月30日刊之四，9月1日刊之五，"之五"文末署"暂结"。此外，8月15日和16日，沙玄还在该报开过一个"说地"专栏，也是刊文五篇，未标"暂结"而止。

《译匠天缘》里既然说，"我写封信去，请他继续谈下去"，猜测应该是金克木看到"谈天杂录"栏目"暂告段落"或"暂结"之后写的信。文中又言，"编者马彦祥加上题目《从天上掉下来的信》，刊登出来"，则去信应在报上有痕迹。查该报6月26日至8月26日之间的"语林"版，并无署名金克木之文，也没有跟"谈天杂录"相关的内容。如以信的见报为标志，则刊出的信应在"谈天杂录续"暂结之后。果然，9月7日和9月8日的"语林"分两期刊发了《天上人间——谈天第一信》，署名正是金克木。

我很怀疑，这个《天上人间——谈天第一信》，可能就是金克木记忆中的《从天上掉下来的信》。不过，就文章内容看，这应该不是金克木首次给沙玄写信。文章开头说：

"预定的给先生的回信还没有写，真是连'抱歉'的话都无从写起了！"中间又云，"到平后，好些天没有一定住处；接到先生来信时刚在东城找了一间房子，于是可以开始望星了"。1932年冬，金克木离开北平，至山东德县师范教书谋生。"到平后"，应该是指他1933年夏天回到北平之后。既言"回信"，又报自己的行踪，显然金克木在山东时即已与沙玄通信，并在以往的信件中言及自己即将去北平。或许可以由此推测，金克木看到沙玄6月份刊出的谈天文章，便写信去报社，请他继续谈下去。报社收到信后，即转给沙玄，沙玄便开始与金克木通信。

这里的疑问是，既然已有联系，为什么金克木这次的信不是直接发给沙玄，而是寄到了报社呢？"谈天第一信"刊出近两个月，11月2日和3日的"语林"上才发出沙玄的两篇文章，副标题分别是"谈天第二信"和"谈天第三信"，也即回复金克木的"第一信"。原因呢，是从七月半到十月半的报纸，沙玄都没有看到，10月底才因为替人查找旧稿，看到了金克木的"第一信"。"第一信"结尾，金克木虽给出了自己收信的寄转地址，却又说自己"不知能在北平住多久"，同时希望沙玄"给个通讯处，免得我要把无味的信占据语林的篇幅"。在"第三信"末，沙玄言："我的地址也颇不一定，此后的行踪，怕正和陨星差不多呢！"两个行踪不定的人通信，大概只有报社这样一个相对可靠的中转之处了。当然，报纸的信息传递也只是相对可靠而已。沙玄两封信发出来，金克木做出反应，又是近两个月之后了。1934年

1月5日，金克木的复信以《观星谈》为题发出，编者这次没加谈天第几信的副标题。此后的天津《益世报》上，再也没有见过两人交流的文字。

后来，金克木还给天津《益世报》写过两篇天文相关的文章，分别是刊于1935年12月26日的《评〈宇宙壮观〉》和1936年11月26日的《对于"天文学名词"的刍荛之见》。前文介绍山本一清著、陈遵妫编译的《宇宙壮观》，后者讨论翻译天文学名词的补充和统一。不过，这两篇文章已不是发在"语林"，而是"读书周刊"版面。

让人好奇的是，这位吸引金克木迷上天文的沙玄，到底是何方神圣呢？根据《译匠天缘》提供的线索，查到《秋之星》初版于1935年9月，此外再无更多信息。2009年，二十一世纪出版社重版此书，前冠陈四益之序，方知赵辜怀为赵宋庆笔名，这才慢慢理出头绪。

据跟其有直接交往的萧衡文章（《名列"复旦八怪"的奇才赵宋庆》），赵宋庆1903年生于丹徒（今江苏镇江）。六年私塾教育后，就读于南通甲种商校，后至上海的银行任职员。1925年秋，考入复旦大学中国文学科文艺系，聪颖而发奋，深为陈望道、刘大白等师辈赏识。毕业后以教书为主，但或作或辍，少有稳定之时。1932年居北平，遇到任天津《益世报》编辑的复旦同学马彦祥，约为作文，这才有了金克木读到的"谈天"系列。1942年，陈望道接任复旦新闻系主任，建议复旦聘其为中文系副教授，后始终执教于此。1958年起回乡养病，1965年离世。

谈到赵宋庆的学问，照朱东润在自传中的说法，"这位赵先生的博学是全系所没有的。真是上知天文，下通地理，医卜星相，中外古今，无所不知"。据说，他曾在数学系开过课，一些理科教授对他很赞赏。他的外语水平也很高，有外语系的教师请教问题，他随口即能解答。数学方面，因为没有查到相关文字，无法确知其程度。外语方面，学生时期即翻译有高尔斯华绥的剧本《鸽与轻梦》，1927年10月上海书店印行，署席涤尘、赵宋庆合译；另译有《屠格涅夫小说集》，1933年1月出版，大江书铺发行，署名赵孤怀。还有个近乎传说的事情，就是他曾七日内以绝句形式译《鲁拜集》，意图考察海亚姆对苏轼的影响，奇思妙想，足供玩味，惜乎未见流传。

建立与金克木相逢之缘的天文学方面，除了《秋之星》，目前能查到的赵宋庆文章，只有1956年的《辨安息日并非日曜》和1957年的《试论超辰和三建》，均发表于《复旦学报》。后者讨论岁星超辰和岁首确立问题，事涉专业，问津者少。《辨安息日并非日曜》知识专门，又因指出太平天国专家罗尔纲的错误，编辑不敢轻易处置，只好请教于当时南京紫金山天文台台长张钰哲。按萧衡的说法："答复来得迅速而果断，张氏在回函中高度赞赏了赵文的价值，对赵先生精湛的见解备极推崇，认为全国能就那个议题写出如此高质量文章的不会超过三个人。"不确定张是否跟赵有过交集，能够知道的是，因对天文学的热心，金克木1936年认识了张钰哲。

三

　　金克木有一样极强的能力，凡有所学，立刻便能放入实行中巩固和检验。在《如是我闻——访金克木教授》中，他自陈学外语的经验，"要用什么，就学什么，用得着就会了，不用就忘了，再要用又拣起来"。虽然他自己说，"学外语不能照我这样，还是得走正道用功"，其实这种在实行中学习的方式，非常富有成效。迷上天文学以后，金克木一边开始阅读天文学（尤其是星座）方面的书，一边也就开始观星。

　　《天上人间——谈天第一信》里，金克木写到了他开始观星的种种困难："我仗了先生画的那张图，就认识了将近十座。但图上西边星座早已归隐，东边星座尚缺甚多，眼见就不敷用了，只好再到北大图书馆去找，结果呢，据说天文书都装了箱子，剩的几本已经是破铜烂铁的好伴侣了。……然而我还是有了认星的机会，终于从一位朋友处弄来了一本顾元编的天文学，又到西城市立图书馆去查了两次沈编星宿图，断断续续看了些夜，也马马虎虎认识一些星座了。"顾元编的，应是作为高中教科书的《天文学》，初版于1930年3月。沈编星宿图未知何指，但从行文来看，应该跟顾元的书类似，是入门指导性质或便于初学查找对照的基础读物。

　　渡过了初期的困难，金克木很快便从观星获得了振拔的力量："那是在一个深夜，心绪颇为不佳，所以电灯已熄还不肯睡。买了支蜡烛来，在黯淡的光中，同室的一位朋友伏案写文，我便看顾书的星图。看一座便到院里去望一次，找不清楚再进屋来看图，那时夜已很深，我国认为室宿和壁宿的飞马已升至天顶，一座庞大的正方形带着两个小三角形，顶上接着一连三颗亮星的公主，再向东北联上大将，遥映御夫主星，配上仙后座，真足称奇观。尤以四周黯黑，惟一室有烛光摇曳，星座乃愈显其光彩。诗云'子兴视夜，明星有烂'，不在这种境中观星的恐未必能看出烂然来吧？"

《观星谈》主要记的，是等待狮子座流星雨的事。"约计看到狮子座时已过半夜，如果一人守候，则如此凄清的冬夜，恐怕不能坚持到底。不料望星也能成为传染病，竟有朋友愿意陪我守夜。"虽然那年流星雨误了期，没能看成，但金克木显然对此印象深刻。写于1998年的《忆昔流星雨》，便旧事重提，"两人通宵不睡，除看星外干什么，他又提议，翻译那本世界语注解世界语的字典，可以断断续续，与观星互不妨碍"。经过岁月的推排销蚀，这记忆没有漫漶模糊，越发变得晶莹透彻："我花几个铜圆买了一包'半空'花生带去。他在生火取暖的煤球炉上，开水壶旁，放了从房东借来的小锅，问我，猜猜锅里是什么。我猜不着。他说，是珍珠。我不信，揭开锅盖一看，真是一粒粒圆的，白的，像豆子样的粮食。我明白了，是马援从交趾带回来的薏苡，被人诬告说是珍珠，以后就有了用'薏苡明珠'暗示诬告的典故，所以他说是珍珠。他是从中药店里买来的，是为观星时消夜用的。看流星雨，辩论翻译，吃'半空'和薏苡仁粥，真是这两个刚到二十二岁的青年人的好福气。"

这个一起等待流星雨的朋友，金克木称为"喻君"，1980年代初还曾在上海为他找到过《答望舒》，但我没有考出其真实姓名。热衷观星的这段时间，除了喻君，还有几个朋友曾经参与。"朋友沈仲章拿来小望远镜陪我到北海公园观星，时间长了，公园关门。我们直到第二天清早才出来，看了一夜星。"（《译匠天缘》）"织女星在八倍望远镜中呈现为蓝宝石般的光点，好看极了。那时空气清澈，正是初秋。斜月一弯，银河灿烂，不知自己是在人间还是天上。"（《遗憾》）《记一颗人世流星——侯硕之》中，则记下了他们俩的观星体验："为观星，我选的是一个前大半夜无月的日子。记得当时我们最感兴趣的是观察造父变星。真凑巧，赶上了它变化，看着它暗下去了。后来，七姊妹结成昴星团上来了。我们争着看谁能先分辨出仙女座星云。那是肉眼能见到的唯一的银河系外星云。我们坐在地上，在灿烂的北天星空下，谈南天的星座，盼望有一天能见到光辉的北落师门星和南极老人星。"

在这个过程中，金克木开始陆续阅读西方通俗天文学作品。"那时中文通俗天文书只有陈遵妫的一本。我借到了英国天文学家秦斯的书一看，真没想到科学家会写那么好的文章，不难懂，引人入胜。"后来经朋友鼓励，或许也是意识到了国内通俗天文读物的不足，金克木便开始翻译这类作品。"译科学书不需要文采，何况还有学物理的沈君（按仲章）和学英文的曾君帮忙。于是我译出了秦斯的《流转的星辰》。沈君看了看，改了几个字，托人带到南京紫金山天文台请陈遵妫先生看。"(《译匠天缘》)后来译稿经曹未风卖出，得稿费二百元，"胆子忽然大了，想以译书为业了"，觉得一年译两本这样的书，就抵得上全年天天上班的收入，因此从北京大学图书馆辞职（实际是不告而别），赴杭州译书——这就是文章开头提到的西湖孤山故事的前因。

赴杭途中，金克木经过南京，便去拜访陈遵妫。"陈先生对我很热情，不但介绍我去天文台参观大望远镜，还要介绍我加入中国天文学会。我说自己毫无根基，只是爱好者。他说，爱好者能翻译天文学书普及天文知识也够资格。我隐隐觉到天文学界的寂寞和天文学会的冷落，便填表入会。"（《天文·人文》）这次拜访中，正好张钰哲在陈家，就也一起见到了。值得一提的，是金克木后来跟天文学会的关系。1952年秋，中国天文学会重新登记会员并整顿改组，金克木参加了会议。后来，我在网上看到一个拍卖文件，是金克木1956年填写的"中国天文学会会员调查表"，备注云："本人拟申请退会。本人以前曾爱好天文学，翻译过'通俗天文学''流转的星辰'。但近年来已不再从事天文学，现在工作也与天文无关。是否仍保留会籍，抑退会，请组织上考虑。"这退会申请最后是否通过，不得而知。

在外飘荡了一百多天，金克木于暑期返回北平，作长期译书打算。"沈仲章拿来秦斯的另一本书《时空旅行》，说是一个基金会在找人译，他要下来给我试试。接下去还有一本《光的世界》，不愁没原料。他在西山脚下住过，房东是一位孤身老太太，可以介绍我去住，由老人给我做饭。我照他设计的做，交卷了，他代我领来稿费。教数学的崔明奇拿来一本厚厚的英文书《大众数学》，说他可以帮助我边学边译。我的计划，半年译书，半年读书兼旅游，就要实现了，好不开心。"（《译匠天缘》）世事岂由人算，"《时空旅行》译出交稿，正是抗战开始前夕，连稿子也不知何处去了"。（《遗憾》）因此，并非戴望舒把金克木从天上拉到了人间，而是"日本军阀的侵略炮火和炸弹粉碎了我的迷梦。从此我告别了天文，再也不能夜观天象了"（《译匠天缘》）。

"七七事变"之后，金克木搭末班车离开北平，从此"奔走各地谋生。在香港这样的城市里自然无法观天，即使在湘西乡下也不能夜里一个人在空地上徘徊"（《译匠天缘》）。直到1941年，金克木乘船经缅甸去印度，才又一次凝视星空："我乘船经过孟加拉湾时，在高层甲板边上扶栏听一位英国老太太对我絮絮叨叨，忽见南天的半人马座、南鱼座、南十字座一一显现，在地平线上毫无阻碍，在海阔天空中分外明亮。"（《记一颗人世流星——侯硕之》）此去经年，虽然印度的天空不同于中国，但星空仍不可望："城市里只能见到破碎的天的空隙。在鹿野苑，是乡下，没有电灯，黑夜里毒蛇游走，豺狼嚎叫，我不敢出门。在浦那郊区，不远处有英国军队基地，又是战时，怎么能夜间到野外乱走？悬想星空，惟有叹息。"（《译匠天缘》）

四

1946 年，金克木从印度回国，旋被聘为武汉大学哲学系教授。其时，武汉大学教师中群星璀璨，金克木很快便跟其中的几位结为朋友，彼此商兑，相与言笑："这是新结识不久的四位教授，分属四系，彼此年龄不过相差一两岁，依长幼次序便是：外文系的周煦良，历史系的唐长孺，哲学系的金克木，中文系的程千帆。……程的夫人是以填词出名的诗人沈祖棻，也写过新诗和小说。她是中文系教授，不出来散步，但常参加四人闲谈。……他们谈的不着边际，纵横跳跃，忽而旧学，忽而新诗，又是古文，又是外文，《圣经》连上《红楼梦》，屈原和甘地做伴侣，有时庄严郑重，有时嬉笑诙谐。偶然一个人即景生情随口吟出一句七字诗，便一人一句联下去，不过片刻竟出来一首七绝打油诗，全都呵呵大笑。"（《珞珈山下四人行》）

应该是因为境遇不再那么促迫，加之遇上了能切磋琢磨的朋友，金克木偶尔又有了观星的兴致。一次，因观星而与人谈及古诗中的天文问题："秋夜偶与程千帆先生（会昌）仰观星宿，谈及古诗'明月皎夜光'一首中有'玉衡指孟冬'一句，为人指为西汉太初以前的作品，涉及五言诗起源问题，至今尚无结论。于是寻绎诗意，查考星图，并证天象，觉得此句实不费解。现将鄙见写下以求方家指教。"这文章就是《古诗"玉衡指孟冬"试解》，刊于《国文月刊》

1948年第63期，涉及的是《古诗十九首》的第七首——

　　明月皎夜光，促织鸣东壁，玉衡指孟冬，众星何历历。白露沾野草，时节忽复易，秋蝉鸣树间，玄鸟逝安适？昔我同门友，高举振六翮，不念携手好，弃我如遗迹。南箕北有斗，牵牛不负轭，良无磐石固，虚名复何益。

　　这首诗的问题出在哪呢？"全诗是秋天的景色，而且说'时节忽复易'，显见还不是深秋，可是夹了一句'玉衡指孟冬'，差了两三个月，是什么缘故？"也就是说，蟋蟀叫、白露降、寒蝉鸣、玄鸟归，差不多都把诗所写的时节指向孟秋（秋天的第一个月）或仲秋（秋天的第二个月），可"孟冬"（冬天的第一个月）一出，时节就显得混乱了。

　　唐代李善发现了这个问题，便想出一个弥缝之法："《汉书》曰：'高祖十月至霸上，故以十月为岁首。'汉之孟冬，今之七月矣。"也就是说，"玉衡指孟冬"一句，用的是太初改历之前的（秦）汉历，以十月为岁首。后又云："复云秋蝉、玄鸟者，此明实候，故以夏正言之。"这就是说，看到眼前的物候，诗人又用夏历正月为岁首来说季节。正是因为这条注，这首诗才"为人指为西汉太初以前的作品"。先不说"月改春移"说不通，即便这首诗用夏正，恐怕也不能说明作于西汉前期，因为太初改历后，实质上用的也是夏正。具体到作品，"一首诗中忽用汉历，忽用夏历，其牵强是一望可见的"。更何况，"就诗论诗，一篇之中，忽冬忽秋，用字混淆，何能传诵千载"？

除了李善，还有不少人试图解决这个看起来的矛盾。比如唐张铣就说，孟冬之后继言秋蝉，"谓九月已入十月节气也"。这说法不完满的是，"如果九月已入冬令，那些秋蝉、蟋蟀、玄鸟等并不懂人间月份而只随天时生活，当早已死亡和搬家了。明知是冬天又懂天文的诗人岂能随着九月月份而硬作不合实际的秋诗"？元刘履则以"冬"为"秋"之误，这有改字解诗的嫌疑，算不得数。要说通这句诗，只能另辟蹊径。

金克木结合天文学知识，提出了一个简洁的解决方案。这方案的核心是，因为地球一边公转，一边自转，因此"若每天在一个确定时刻看北斗某一星，则一年之内转一大圈，每月变一方位（三十度）……若不在一定时间而单看一星，则一天之内便转一大圈了"。在这种情况下，北斗及各星的指向，就既能表季节，又能据以推定时刻。金克木后来在《闲话天文》中说："古人没有钟表和日历，要知道时间、季节、方位，都得仰看日月星辰。……'日出而作，日入而息。'作息时间表是在天上。'人人皆知天文'，会看天象，好像看钟表，何足为奇？"正因如此，"在这种观察计算季节和时刻的方法为读书人常识的时代，由固定时间的斗的方位可以知道季节月份，反之，若知道了季节月份，则从斗的方位又可以知道时间的早晚"。

因为北斗及各星指向的方位用十二地支表示，而十二地支又分别对应孟冬、仲冬、季冬等月份，所以"子、丑、寅等本指方向，又代表月份季节，所以说'指寅'和'指孟春'是一样，同暗示昏时指东"。这样推论下去，那句诗的情形就不言而喻了："'玉衡指孟冬'正是用的这种指时刻的说法。诗已经一再明白说是秋天，又说半夜该指秋（申酉，西）的星已指到冬（亥，北）了，这不是说已过了夜半的两三时辰之后么？"由此，金克木得出的结论是："由全诗已说秋天，可知'玉衡指孟冬'是说一日的时刻而不是说一年的节令。就时刻说，孟秋或仲秋的下弦月时（阴历二十二、三日，或后一二日），夜半与天明之间，玉衡正指孟冬（亥，西北），同时月皎星明。"至此，这句诗的问题基本已经解答，还有些细节问题有待商榷，总体已无大碍。

有意思的是，陆机拟写过《古诗十九首》的大部分篇目，其中就有这首。至于为什么会拟古，程千帆曾对金克木言及："陆士衡拟古（江文通、鲍明远等亦如此），一方面可说是模仿，一方面也可说是竞争，这种动机是我们所不可不了解的。"模仿，就需要亦步亦趋；竞争，就需要别出心裁，差不多可以看成古人练习写作的一种独特手段。因为亦步亦趋，金克木便趁手地取来，以检验自己的解答是否合理。拟诗如下——

岁暮凉风发，昊天肃明明，招摇西北指，天汉东南倾。朗月照闲房，蟋蟀鸣户庭，翩翩归雁集，嘒嘒寒蝉鸣。畴昔同宴友，翰飞戾高冥，服美改声听，居愉遗旧情。织女无机杼，大梁不架楹。

不难看出，陆机的拟作"几乎是一句对一句的重写"，不过是加新技巧于旧诗章："把单笔改为复笔，力求工稳对仗。……在当时，这种改作必为人所称赏，认为是一种使古人当代化的进步，因此昭明太子才会收入《文选》，以媲美原作。……玉衡改招摇原是为的对仗。'孟冬'不易取对，乃明说原意改成'西北'，对仗上自然想到'东南'，于是'天汉东南倾'便成了绝好的下联，而且天河方向转换也合上暗示夜深的原意。可是天河横亘于天，不好和北斗中间的一部分相对比，自然要拿全斗来配合。而且玉衡方向与天河又不并行，玉衡北指时，天汉并非南倾。只有斗柄二星与天河正平行，与全斗的方向也相差不远。这样，只好把玉衡改招摇。"

这文章很能看出金克木将所学灵活应用的本领，他把自己掌握的天文学知识合理地用在解决具体问题上，可以说<u>丝丝</u>入扣。不过，这文章有个小小的遗憾，即注意力主要在论证，没有集中谈论全诗，无法看出能传诵千载的理由。好在，1990年代初，金克木写过一篇《"玉衡指孟冬"》，指出了这首诗的精彩："就全诗而论，主旨是怨老朋友升官而不提拔自己，名为朋友，其实不是朋友，好像天上的箕、斗、牵牛一样，'虚名复何益'。箕斗两座星不能实用是《诗经》里说过当时读书人都知道的。……全篇诗写秋夜不眠出去望星辰，越想越生气，发出牢骚，引天象和虫鸟以及时节变迁，字字句句都有照应，衬映主题思想。拿后来陆机所拟的诗一比，改作的词句对仗漂亮……可是气势意味都不如原来还像口语的诗更显出满腹怨气。……同样意思的陆机的诗比赛词句；杜甫诗句'同学少年多不贱，五陵衣马自轻肥'，又浓缩成简单的一句话了。陆肥，杜瘦，我觉得都赶不上原来那首古诗朴素有力。"

五

金克木在武汉大学没有待很长时间，1948年夏天即赴北平，入北京大学，任教于东方语言文学系。自此之后，金克木几乎告别了观星望天的日子。1950和1960年代，精力大多被牵扯进纷繁的人事，没有看到他与天文相关的回忆。"一九七〇年前后，我在江西鄱阳湖畔鲤鱼洲'五七干校'劳动。白天可以仰望广阔的天空，看不见星。夜里不能独自出门，一来是夜夜有会，二来是容易引起什么嫌疑。"社会趋于稳定的"八十年代起，城市楼房越多越高，天越来越小，星越来越少，眼睛越来越模糊。现在九十年代过了一多半了。我离地下更近，离天上更远了"（《译匠天缘》）。

话说得有点沮丧，但其实金克木并没有彻底放弃天文学。在《日历·月历·星历与文化思想——读〈火历钩沉〉》中，他便说，"研究星历并联系时空观念考察文化思想不仅是古史问题，希望引起注意"。或许是因为倡导无人呼应，他就自己动手，分别于1989年和1993年写出《谈"天"》和《甲骨出新星》，来考察传统天文与文化思想的关系。

《谈"天"》开宗明义，指出中国"古人不是照现代天文学那么思想的"。不过，所谓的"古"，并非自从盘古开天地直到清末，而是"'天'的常识一直停留在战国、秦、汉的这个基本点上，没有随着天文学和历法学的发展而发展"。在这个有特定内涵的古代，所谓"上知天文"，"指的是人对具体的天象的系统化了解，包含后来所谓历法、气象以至人事安排（社会结构），直到现代哲学所谓宇宙观、本体论，即对于整个宇宙或说全体自然和人的总的概括理解和表述"。天不是天空，"也不是日月星活动于其中的空，而是包括所有这些的全体，和地相对的全体。地的全体不可见（人不能上天），靠天来对照"。地和天既对立又密切相关，"无论时、空，都是由具体的日、月、星来定的"，"天是地的一面镜子。这在古时是人人知道不需要说出来的常识。仰观天文就可以俯知人事。这是古人无论上等下等人读书不读书都知道的。因为离了天就不知道春夏秋冬和东南西北，算不出日、月、季、年"。

正因为天、地关系如此密切，所以古人将人间投射到天上，同时将天上投射到人间。"不仅是日蚀、彗星等灾变，天人相应，如《汉书·五行志》的大量记载。由天象也可以想到人间。看到天象想到人间也该照样。例如天中轴在北（北极），想到尊者应当居北朝南，人君要'南面'，而不随太阳居南朝北，反倒是群臣北面而朝。将天象系统化，将星辰排列组合加以名称和意义，例如说天上有斗，有客星，有宫，是用人间译解天上。观察结果，用人解天。有的说出来，记在书中，多是灾异、祥瑞。有的不说出来，藏于心中成为思想，例如紫微垣中心无明星，一等明星散在四方，掌枢衡者实为北斗。这不能说出，只能推知。这就是奥妙所在。"

明白了这个道理，就可以较为深入地推求古人的思想。《史记·天官书》是古人观天思维的系统总结，金克木称为了解古书说"天"的一把钥匙："分天为五宫：中宫和东南西北四宫。中宫是北极所在，无疑是最重要的（为什么？大可玩味），所以首先举出'天极星'。一颗明亮的星是'太一常居'之星。这一带是后来所谓'紫微垣'，即帝王所在之处。'太一'旁边的星是'三公'，后面是'后宫'。……天极星怎么不是最明？这不能说。再看文中讲中宫的部分主要讲的是北斗星。一观天象就知道，居中而尊者的作用不见得比围绕着它的大，可是没有这个居中者让全天星辰围着它转又不行。若要团团转，就非有个轴心不可。《天官书》开宗明义第一段便表明了中国古人的这个思想。这是说不出而又人人知道的。这岂不是《春秋》尊王的根本思想？为什么'五霸'要'挟天子以令诸侯'？为什么王莽一定要篡位而曹操不肯也不必篡位？陆机《文赋》本文第一句是'伫中区以玄览'。'中区'本指地，又指天，又指人。为什么读书作文要先伫立'中区'？"

金克木的众多文章，有点像《史记》的"互见"，在一篇中提出或隐讳的问题，可以到另外一篇去找。比如上面提到紫微垣中心无明星和天极星不最明的问题，关键部分隐约其辞，很难恰切明白包含的意思。不过，在《秦汉历

156

史数学》中，金克木曾分析刘邦和萧何、张良、韩信的功能，或许可以帮助理解这个问题："一个虚位的零对经济、政治、军事构成的三角形起控制作用。……三角的三边互为函数。三个三角平面构成一个金字塔。顶上是一个零，空无所有，但零下构成的角度对三边都起作用。这些全是只管功能、效果，不问人是张三、李四。所谓'有德者居之。无德者失之'。德应当是指作用，不是指随标准变化的道德。……刘邦虽是零，无才无德，高居坚实的金字塔之上，就代表整个金字塔了。"在这个金字塔结构中，是不是因为零是虚位，所以受虚不受实？结合《老子》所谓"三十辐共一毂，当其无，有车之用"，是不是可以推测，紫微垣中心没有明星恰好，天极星不是最明为妙？

从上面的分析或许不难看出，古人为什么会经常提到天人合一、天人感应、天人之际这类问题。刨去其中的迷信成分，追根究底，其实是因为天人原本就结合得极为紧密。在《甲骨出新星》中，金克木指出："记天象就是记人事。记人事就说明了天象。记的人和读的人当时有共同的了解。从《春秋》的天文及人事记录中亦可见汉族从远古一贯传下来的思想。对天的看法同时是对人的看法。记天象常等于记人文。天和地上的人是两面镜子，互相反映，对照。这就是'合一'。本来就是一，不必等到汉朝董仲舒去'合'，去讲后来的道理。这还不仅是巫师等有书本（甲骨简帛）文化的人的见解，而是一般人上自族长王公下至族人百姓以至奴仆都承认的。记天是用一种符号语言记人。本来天人不分，分开后才能说是'合'。'盘古分天地',天地本来是不分的。不分而分,分而又不分,这个汉族的思路,或说思维逻辑程序,是比占星术更普及更发展的。是不是从易、书、老、孔、佛到诗文小说戏曲中都有?"

在这篇文章中,金克木还比较了中西思想的不同,涉及他晚年非常关心的"李约瑟难题",并从天文历法角度尝试提出解说:"为什么中国的历法精而天文学到此不再大步前进?因为中国人从古认为宇宙不是和谐的,安排好了的,而是破坏了'一',出现了不平衡,阴阳不等,天倾西北,地陷东南,要不断去平衡那个不平衡,例如闰月。因此,重视位和秩序,提不出欧洲人中世纪的天象规律问题,也不会提出古希腊人的日心说和地心说两套。日心说站不住,因为观察不到地动。地心说不妥当,因为观察不出行星的规律性运行。照中世纪教士的想法,神创造的宇宙是和谐的,排得完美的,人越能认识这种和谐就越能向神接近,因为人也是神创造的。"

这个思考方向,仍然是借西方来映衬中国的传统缺陷,跟当时多数从后果倒推原因的方式相似。何况,稍微深入一点看,从宇宙不和谐出发,照样可以促使天文学进步。或许已经意识到了这个问题,在后来的《数学花木兰·李约瑟难题》中,金克木调整了单纯的由果追因模式,开始考察西方科学兴起的独特原因。不过,天不假年,他已经来不及用此来更新对中国天人问题的认识了。2000年8月,金克木永远放下了尘世的忧劳,升入辽远的苍穹,去与自己喜爱的那些星辰倾心交谈。

深厚的解说

——金克木的文化神游

一

至 1985 年底，1970 年代末开始重新写作的金克木，已出版《印度文化论集》《比较文化论集》，旧文加新作，深入印度文化的具体，将所思所感整理一过；完成《读书·读人·读物》《"书读完了"》并即将写出《谈读书和"格式塔"》，将读书经验贯通发挥，触处旁通，明艳不可方物。及至编定《旧学新知集》，回顾平生所学，虽有老境迫近之感，却明显意犹未尽："我从小到老读书一直没有读进去，原来是因为不明白读书就是读各种世界解说，书中世界并不就是生活的现实世界。又只知道把读书当作解说世界，却不知道读世界也是读书，读解说。'实迷途其未远，觉今是而昨非。'无奈'夕阳无限好，只是近黄昏'。不禁有'厚地高天，堪叹古今情不尽'之感。"

写上面这段话的时候，金克木早已过了古稀之年，除上面提到的遗憾，他还经常感叹力不从心，时日无多。当然，熟悉金克木的人早就知道，虽然他"总是说自己老了，眼花、耳聋、气喘，甚至不久于人世。（据言这样的话他已说了好几年。）读他的文章，听他聊天，又何尝见得半点老态"？果然是这样，1986年开年不久，金克木就在《中国文化报》上发表了《文化问题断想》，开始了一段意气洋洋的文化神游之旅。用他后来的话说，算得上"老去学雕虫，九年徒面壁。岁月纵无多，河山不我弃"。

文章第一部分，很能见出金克木壮心不已的心绪，也可以意识到他的当下关怀，并揣摩他为什么要写这些文章。"二十年前发生过连续十年的史无前例的大事，既有前因，又有后果。我们不能断言，也不必断言，以后不会再有；但是可以断言，以后不会照样再来一个'史有前例'了。历史可能重复，但不会照样，不会原版影印丝毫不走样，总会改变花样的。怎么改变？也许变好，也许变坏，那是我们自身天天创造历史的人所做的事。历史既是不随人们意志为转移的，又是人们自己做出来的。文化的发展大概也是这样。我们还不能完全掌握历史和文化的进程，但是我们已经可以左右历史和文化，施加影响。若不然，那就只有听天由命了。"

第二部分谈文化传入的中间站作用："历史上，中国大量吸收外来文化有两次。一次是佛教进来，一次是西方欧美文化进来。回想一下，两次有一点相同，都经过中间站才大大发挥作用。"佛教传入，主要通过古代所谓西域，即今天的新疆到中亚，"西域有不少说不同语言的民族和文化。传到中原的佛教，是先经过他们转手的。……青藏地区似乎直接吸收，但实际上是中印交互影响，源远流长，藏族文化和印度文化融为一体，那里的佛教和中原不同。蒙古族是从藏族学的佛教，也转了手"。欧美文化的传入，明末清初的直接传入未能落地生根，后经维新后的日本转入才充分发展。直接从欧洲吸收且有大影响的，也经过严复和林纾有意或无意的改编。这"好比电压不同，中间总得有个变压器。要不然，接受不了，或则少而慢，反复大"。

对外来文化，中国不但需要中间站，还有强烈的选择性。比如佛教传入，"二道手的不地道的佛教传播很广。本来没有什么特殊了不起的阿弥陀佛，只是众佛之一，在中国家喻户晓，名声竟在创教的释迦牟尼佛之上。观世音菩萨也是到中国化为女性才大显神通。玄奘千辛万苦到印度取来真经，在皇帝护法之下，亲自翻译讲解。无奈地道的药材苦口，传一代就断了"。欧洲文化最开始在中国流行开来的，是并非一流的《巴黎茶花女遗事》和《少奶奶的扇子》。这现象看起来奇特，其实自有文化根源，"我们中国从秦汉总结春秋战国文化以后，自有发展道路，不喜生吞活剥而爱咀嚼消化"。

非常可能，《文化问题断想》是金克木长期思考文化问题的一个提纲，或者是他新意识到的文化问题的摘要，类似一个简明的自我提示，很多方面都没有充分论述，却有一种莽莽苍苍的开创之感。文中提到中间站和选择性，有点像我们意识到却没表达出来的事情，说破了似乎卑之无甚高论，但不说就一直隐藏在暗影里。把这个说破放入比较文化的研究里，我们是不是隐约可以意识到，外来文化传入，并非只有固定的冲击—反应模式，还有金克木说的这种方式，或许可以称作涌入—变压—选择模式？不知道按照当时或如今的学术标准，这可否称得上原创呢？沿着这个思路钻探下去，能够走到多远呢？

二

应该是写完《文化问题断想》之后不久，金克木一气呵成，完成小册子《文化的解说》，开始展开前文提出的各种问题。小册子共收文五篇，主要讨论"中外文化或说两种文化的对比、对撞或交流问题"。写作的主要动因，是时讳之后，他常常想到所谓"文化"的问题，"两种文化相撞不但是近年来的热门话题，而且是中国现实所面临的问题。我们处在这问题中已经一百多年了。问题不是新的，也不是旧的，旧问题不断出新花样"。也就是说，远因是近代中国面对的"三千年未有之大变局"，较近的原因是"厘清那些现代咒语的来龙去脉"（朱维铮语），近因则应该是当时尚在持续的文化热。

上文所谓的新角度，从第一部分"如何解说文化"看，应该就是其时方兴未艾的符号学角度。后来金克木反复申说，他谈的是符号，不是符号学，"不过讲到文化方面的一些符号的意义，由此引出一些对文化的看法，也就是一种解说"。即符号学本身并非主要内容，对符号的解说才是："符号的意义是加上去的，不是固有的。这种意义是向外扩散的，是可以变换而且经常变换的。没有孤立静止的符号。只有在社会通讯活动中才显出符号。由此引出符号意义和代码译解的问题。文化符号的意义译解也就是文化的解说问题。"这大概就是小册子命名为"文化的解说"的原因。

第二部分"传统文化、外来文化"，从上世纪末开始算总账，提到了近代史上的各路风云人物，包括康有为、章太炎、辜鸿铭、王国维、严复、蔡元培和孙中山等。康、章学问根柢在传统，却都讲外来文化，试图以中译解外，将外变为中，去取的核心是"今"，"看来是以外变中，其实是先以中变外，再以变了的外来变中"。辜、王的知识结构与上面两者不同，"两位都受过外国文化教育，应当说是对于外国文化的理解程度超过，至少不亚于，对中国文化的理解程度。两人表面上仿佛是外国人归化了中国。……他们都是以外讲中而不是以中讲外"。这两组看起来做派、方式大不相同，内在却有相似之处："康、章是由古而今，由中而外；辜、王是由外而中，由今而古。方向看来相反，内容实际一致，都是传统文化和外来文化矛盾冲突的不同表现。"

严复兼通中外，既对当时的欧洲近代文化有深刻了解，他翻译的书，"读后可以得到欧洲十九世纪学术思想的要领"；谈传统文化也能点中要害，"他对于'皇帝'这个符号有深刻理解，说自秦以来皇帝都是大盗窃国，是'窃之于民'"。不过,严复却并不因此主张民权,反而拥护君主,最后列名"筹安会",拥护袁世凯称帝。因此,虽然相比起来,严复的知识结构最为均衡,对中西双方都有高明的见解,但跟前面四位相似,不管在中西交流的路上走得多远,最后"都在中国传统文化面前无能为力"。

部分走出传统文化限制,完成一系列革新的,是蔡元培和孙中山。"出于中国文化而又能转而投向欧洲文化,回头又能将欧洲近代文化的精神用于中国,终身没有丧失信念之人是蔡元培。"他进士出身,却出国深造,深入学习日本和欧洲近代文化,辛亥革命后任民国政府第一任教育部长,后掌北京大学,对教育进行大刀阔斧的近代化改革,"他的'兼容并包'原则使北京大学成了新政治文化中心。……他没有多少学术著作。他的著作是大量新人才。他不塑造人才,不制盆景,只供给土壤、阳光、空气、水"。孙中山的思想远远超出时代,能够在当时的中国情形下着眼于对内对外的交通运输,要求货畅其流。"他是坚决而有远大见识的民主主义者,认为民主政治没有人民思想的开放和交流(开通民智)是不可能的。"

无论上面提到的各位思想多么深入或领先,为什么"除了孙中山一人以外,都在君主、民主问题上难于突破?章太炎和许多人将民主和'排满'相连,对于怎么民主并不明确认识,好像取消满清皇帝便自然是'共和',亦即民主。孙中山早年也曾寄希望于李鸿章,后来也提出所谓'训政'。他自己任非常大总统、大元帅,自任中国国民党总理并将名字写进党章，如同终身职。这些岂不是对君主传统文化的迁就？为什么会这样？"沿着这一问题，金克木提出，需要对文化作"自内"的解说，即两种文化相遇，由内部的文化因素导致两者是共存吸收还是水火不容。接下来的第三节"科学·哲学·艺术"和第四节"宗教信仰"，从四个方面来考察中国内部的文化思想因素。

略去具体分析，来看金克木勾勒出的中外文化核心处的不同。对西方来说，"由犹太教—基督教而传播到差不多全体欧洲人心中的常识之一是《旧约·创世记》中的伊甸乐园。在那里，人类始祖亚当和夏娃自由自在生活，唯一的禁戒是不许吃智慧树上的果实。这个乐园理想的原则便是：除了明确禁止的事以外，做什么事都自由。……于是除不犯上帝和耶稣的禁令外，人的行动是自由的。自由的限制只是不妨碍他人的自由。（因此严复译弥尔的《自由论》为《群己权界论》，确有识见。）这是欧洲'百姓日用而不知'的常识。这是近代思想的起点"。中国则反之，"《论语》中提的孔子的原则是：'非礼勿视，非礼勿听，非礼勿言，非礼勿动'。'礼'规定了一切。一切内包括视听感觉对象，不仅言论行动，更不必说思想了。'礼'是一切。'非礼''无礼'都不准，不许乱说乱动。后代一直遵循这条原则，也成为常识"。两者差别极为明显，"一个是除了禁令以外都自由。一个是除了规定以外都禁止"。

西方文化正是因为有上述的核心因素，宗教改革后，"人人可以直接和上帝对话，不用教会插在中间代表上帝，这就引来了近代的'天赋人权'的民主，而不是古希腊、罗马那样小城邦全民投票和元老执政的民主"。由此，艺术上出现了文艺复兴，科学上提出了日心说，哲学上怀疑思想出现，个人的位置开始突出。三者的发展，"和上述的自由、平等、无罪推定相呼应，引古证今，由今推古。在近代开始时期，宗教的气氛很浓，教会的统治很严厉，著书必须用古文（拉丁文）才能使各国人都看得懂，这些怀疑思想和个人观念便是一阵新鲜空气。在这样的空气下，自由贸易的经济蓬勃发展，转而促进了科学在技术上的应用，机器发明出来了"。中国缺少和欧洲近代对应的这一段，"零星的思想火花各代都可以有，不能发展为文化思想。个人享乐不等于'个人主义'。自私不等于'人权'。中国的文化史上没有出现欧洲的近代"。

第五节"世界思潮"，考察了科学、哲学、宗教和艺术上的各种世界思潮，辨识其20世纪以来的新变，尤其指出文化的矛盾冲突问题。"最可惊的还是文化的矛盾冲突。随时随地都有，或大或小，甚至于在一个人身上。这大概是因为当前交通和通讯的特别迅速使全世界如同一个大杂院。还能紧闭门窗只出不进的，只有零零落落的小户人家或则大户围墙中的小院落，但也堵塞不久了。一旦决堤便有洪水淹没的危险。美国向来是文化大杂烩。欧洲人至今还以居高临下的眼光看世界，其实是自欺欺人，迟早要吃亏。……世界已经成为一片，文化矛盾不能是哪一国独家所有或则独家所无的。"

小册子写毕于1986年11月，要再过七八年，亨廷顿才提出他著名的"文明冲突"论（Clash of Civilizations）。我们身经的现实则是，2001年，"9·11"事件；2003年，美国对伊拉克发动军事行动；2021年，美国从阿富汗撤军……因文化矛盾而起的地缘政治问题不绝。或许，这就是金克木当时担忧的显现。那时的未来，已经是我们置身的现在："到二十一世纪，人类要更多认识自己，必然会广泛、深入研究这类文化矛盾情况而不容闭上眼睛忌讳和遮掩或用新符号贴上旧货色了。"

三

《文化的解说》之后，金克木新作不断，并于1991年连续出版了三本小书。《文化猎疑》和《无文探隐——试破文化之谜》，金克木明言是前书的延续。《文化猎疑》前言谓："写这书（按《文化的解说》）以后三年多来又写了一些文章。现在先辑出这十二篇，仍然是从不同角度不同方面继续探索。"《无文探隐》说明是："这里的八篇文章，以《试破文化之谜》起，以《从孔夫子到孔乙己》结，可以说是《文化的解说》的续篇。"《书城独白》虽未谈与前书的关系，但从内容来看，仍然是对文化的深入解说，不妨看成同一思路的产物。

这三本小书的重点，首先是对前述文化选择性的强调："我越来越觉得，传统文化和外来文化相遇时的变化中主体的选择性是首要的。这是由承受外来文化的一方的内部决定的。这内部倾向又是由其中绝大多数人的千百年积累下来的习惯决定的。"在跟人谈话时，金克木也不时提到这个问题："不管有多少外来的东西，承受者还是自己。若自己一无所有，那外来的也就不成其外来了。无主，哪来的客？不比较旧，怎么知道哪是新？"

拿中国、印度和日本来说，同在19世纪中叶受欧洲文化猛烈冲击，后来的演变却迥乎不同。印度少数读书人直接读英文，大部分不识字的人"照旧遵循着千百年来的思想和行为的习惯道路过日子"；日本"强迫全国人接受基础教育，消灭文盲，使大多数人能够接触外来文化"；中国则把洋书和洋枪、洋炮、洋火等"一概当作'洋鬼子'的'洋货'，又要用，又憎恨"。"对中、印、日三国来说，外来的文化是一样的，而且都是用大炮轰进来的，接触者的心理倾向，特别是大多数人的心理倾向，却各有不同。"造成如此不同的情形，就是因为文化有选择性，也就是传统有内在倾向。

谈到传统的内在倾向时，金克木反复提到的，是"大一统"："中国从周秦以来便是习惯于大一统的。这是从上到下根深蒂固的中国特有的思想，只能枝节修改，很难根本动摇，更谈不到拔除。这几乎可以说是中国的立国之本，不亡之道。"这一倾向追究到文献的根，便是《公羊传》："汉代首尊的《春秋公羊传》的'尊王攘夷'思想深入人心，尤其是有书本文化的人之心，而同书的'大一统'思想更为突出，'国'更盖在种族之上。'夷''入主'之后，过一段时间便成为本'国'之人。'尊王'原是为了'一统'。"

有意味的是，"大一统"思路跟"天"有关："众星无不运行，但彼此的结构关系不变。有变（'荧惑''客星'等）也仍在大系统内，终于能复归于稳定。因此天、人合一，互相对应。……就宇宙观说，这种思想可以上溯周易卦爻和甲骨卜辞，都是将宇宙建造为一个稳定的系统。外来的佛教、祆教等都缺少自己的'平天下'的政治大纲领，因此都可以纳入这个大系统中。这种'天道'是不是以人解天，以天解人，天上人间交互投影，是不是中国文化中哲学思想的一贯核心呢？在各个层次上围绕这个天下大一统的政治哲学核心也许是中国古代思想家的共同努力方向方向吧？"

对人天关系来说，《史记·天官书》不妨看成总结性文献："《天官书》先分天为五宫：中宫和东南西北四宫。中宫是北极所在，无疑是最重要的（为什么？大可玩味），所以首先举出'天极星'。一颗明亮的星是'太一常居'之星。这一带是后来所谓'紫微垣'，即帝王所在之处。'太一'旁边的星是'三公'，后面是'后宫'。……一观天象就知道，居中而尊者的作用不见得比围绕着它的大，可是没有这个居中者让全天星辰围着它转又不行。若要团团转，就非有个轴心不可。《天官书》开宗明义第一段便表明了中国古人的这个思想。这是说不出而又人人知道的。这岂不是《春秋》尊王的根本思想？"

确立了天上的位置，人间秩序也就可以排布："孔子、有子、曾子和子夏、子贡等大儒把人和人的关系结构作了

'音位'式的排列。不是分析一个个'音素'，而是在所排的音位符号关系上加上'忠、信、（义）'，'孝、悌'等符号而总名之曰'仁'。各种关系的总体结构是平行的'家＝国'，也就是'孝＝忠'。用老百姓的话来说就是上和下、官和民的关系。（恐怕中国无论什么古书都没有完全脱离这个'上、下'符号关系。）孔子要求学习的大概就是这个。这看来是美妙而完整的结构，是国家社会的正轨，也就是'本立而道生'的'道'。他们要把一切人纳入轨道。"排除其中的价值评判，用《易经》的话说，这不就是"天尊地卑，乾坤定矣。卑高以陈，贵贱位矣"？

以上仅举荦荦大端，差不多已经能够看出，传统文化的内在倾向，已经在金克木心中形成了一个从天上到地下的模型。"我们的思想习惯是喜欢有个'象'"，那是不是可以说，传统文化的内在倾向，已经在金克木心中成"象"了呢？或者不妨说，《文化猎疑》从中、西、印的具体文献和社会情形深入，分析各自文化对外来文化选择的内部因素；《书城独白》讨论《史记》《列子》《红楼梦》及通俗作品，分析中国文化的内在结构；《无文探隐》从庙堂谈到监狱，追踪深隐于中国人心底的思维倾向；包括写完三本小书之后集中谈论八股文，讨论《春秋》与线性思维的关系，探究秦汉之际的功能函数等，都是金克木试着描摹自己心中那个已成之"象"。

这个描摹的过程，对传统文化的内在倾向多有批评，却并非无端的幽怨，而是起于金克木从孩提时即藏于心中的疑问："为什么中国这样一个文明大国却会受小得多的日本的欺侮呢？从老师讲课和清末民初一些书中常看到说希腊、埃及、印度、中国，还有犹太、波斯，这些文明古国都衰落了，唯一没有亡国的只是中国，但也岌岌可危，时刻会被列强瓜分，那时中国人就会当悲惨的亡国奴。……为什么《书经》的《尧典》《禹贡》那么早就有了系统的天文和地理知识，而现在中国还要向外国去学天文、地理呢？……为什么连文字都从中国借去的日本竟然能'明治维新'成功，而堂堂中国的'戊戌变法'却归于失败呢？为什么中国有那么多人（汉族）会癖好裹小脚和吸鸦片以致被外国人看不起还'自得其乐'不怕亡国呢？"因为有实在的关心，金克木就不是单纯地指出传统文化的诸多积弊，也从中挖掘出了一些值得深入思考的部分，比如他后来反复提到的长城文化和运河文化的比较。

《文化的解说》中谈到孙中山的时候，已经提及这两种文化，"若说中国传统中有长城式文化和运河式文化，孙中山采取的是发展经济、文化以至政治的真正强盛国家（不是一个朝廷、王室的兴亡）的运河式文化路线"，强调的是"通"。《范蠡商鞅：两套速效经济软件——读〈史记·货殖列传〉》，则有更细致的比较："我看商鞅和范蠡这两套'软件'，一是长城、兵马俑式，有坚固的阵势，却不灵活，因而同时又脆弱。另一是运河、流水式，或有江有湖式，很灵活，善投机，但缺少实力，若看错时机又很危险。……说流水文化不如说江湖文化，有江还得有湖，才是'积居'。又通，又存，不填塞，不挖尽，有节奏，是音乐，不是噪声。"

虽然看起来是说两种文化互有优劣，但结合别处的说法，很容易看出金克木的倾向。"长城文化隔来隔去，隔不断，长城以外的地方还是归中国了。万里长城，成了游览的名胜古迹。不能老搞禁、阻，要提倡运河文化。提倡'通'的文化。"后来，金克木写过一篇《请禹治文化》，重点强调"通"的重要性："古时洪水为患，鲧用堵塞法治水失败，他的儿子禹用疏导法治水成功。其实禹不过是使水顺流归海，也就是通。水多而通，不成为洪水，水少而不通，仍然会漫出河道。……通是虚的，活的，是经济，又是文化。请禹来治文化总比请华佗来开刀要好些吧？"

四

前文说到传统文化内在倾向的模型，有一个问题已经呼之欲出，即这些内在倾向只属于读书人，还是绝大部分中国人都有？这其实是金克木这一时期非常关心的问题："文化并不专属于知书识字的。不读书本的自认没有'文化'，其实在文化中地位也许更重要。离开这些人的思想行为习惯倾向去谈文化，在文盲极少的现代日本或者还有点根据，在中国和印度都不见得符合实际的全貌，因而对变化很难看出苗头，也难以解说结果。"中国人多数向来是不识字或者识字很少，很多识字的人也不太读书，但并不说明这些人没有"文化"，只是他们的文化跟"有文的文化"不同，金克木称为"无文的文化"。

应该是因为对各种不同类型文化的深微了解，金克木很少只相信书本上说的，思考问题更贴近于人的具体行为，因而会关注到书本之外的各类问题。"讲哲学（外国字）也罢，讲思想（中国化了的外国字）也罢，有两套。一套是书本里的名家著作。这可能是顶子、尖子，也代表了不少普通人……另一套是书本里没有专著的普通人的思想。他们有行动，也有言论，但不识字，或则不会写书。"这两套不是截然分开，而是联系在一起的："文化的记录是文字的，但所记的文化是无文字的。文字的文化发展自己的文学。无文字的文化也发展自己的文学。有文字的仍然在无文字的包围中。"

有文的文化和无文的文化结合起来，会形成深层的心理因素，读书人和不读书的人都受其影响。这层心理因素，金克木后来称为民俗心态："他们的心态的大量表现就是长期的往往带地域性和集团性的风俗习惯行为或简称民俗。这不是仅指婚丧礼俗、巫术、歌谣，这也包括习惯思路以及由此表现出来的行为因果。"要推测行为因果，需要从有文考察无文，进而深入思考人在面对外来文化时的选择性。"不妨试试从非民间的查出民间的，从少数识字的人查出他们所受的多数不识字的人的心态影响。可以说是要从有文字的文学书中侦查不大和文字发生关系的多数人的心理状态、心理趋向。换句话说，就是要从文学中侦查民俗心态。也许由此可以测出民俗心态是不是决定我们对外选择（包括改造）的一种力量，是不是暗中起作用的因素。"

民俗心态一旦形成，就仿佛具有了魔法，个人在其中如同陷入梦魇，全没了自己的本来面目。"信时个人和别人一样。疑时也是个人和别人类似。越是各个人自以为独立用尽全力，越是给许多别人增添力量，结果是比个人毫无自主完全听从别人时献的力量更大。波涛滚滚是由于每一水分子的推移，可以'无风三尺浪'。若所有水分子都等待风来才动，那会成为湖沼中的水。由风卷起狂涛，狂涛再也大不过风力。疑也罢，信也罢，其实是一回事，都跳不出民俗心态，即众人长期习惯的心理倾向。"

与此同时，民俗心态既经生成，就不会轻易改变。"民俗心态确实存在而且愈久就愈深愈厚，很不容易猛然变革。前面所说的一些古书和信息场现在都属于历史了。但民俗心态是不是都变得那么彻底？"一系列难以改变的民俗心态，也就造成了文化选择的内在倾向："凡是和原有多数人心态联系得上的，不论什么面貌，从哪里来，都比较容易接纳而自起变化，联系越多越容易结合。否则会拒而不收或加以改变。但不管面貌变得多么彻底，民俗心态却难得很快大变。我们中国是不是也会这样？"这是否说明，要想更切实地认知或消化外来文化，不能急于求成，要先深入了解自身的民俗心态？

从前面谈论的传统文化的内在倾向模型，到这里提到的民俗心态，金克木从不是脱空立论，而是把两者结合起来，考察了许多具体问题，比如"文""武"之间的隐显。"有文的文化中不但藏着无文的文化，而且还有大量的'武化'。

文显武隐。'崇文''宣武'相辅而行。隐显并不是两层，甚至不是两面。说表层、深层不等于说显文化、隐文化。'隐'不一定是潜伏在下，只是隐而不显罢了。解说文化恐怕不能不由显及隐。"因此，"不知隐文化，难以明白显文化。即如战争也是忌讳的，总要宣扬文治而讳言武功。愈是武功盛，如永乐、乾隆，愈是讲文事，修《永乐大典》《四库全书》"。

又如历史上的治和乱，看似两种不同的趋向，其实跟文化的地域性和板块结构有关。"政治上经济上统一'场''序'必须具备成熟的足够的条件。第一要件便是活人。兵马俑不是活人，只能在墓中和死人在一起。活人有合乎六国的'序'的，有合乎秦'序'的，不像俑没有分别。统一文字并通行隶书再设立'博士官'确是合乎需要而又具备可能，但若以为这就够了，那是只知其一，有文的文化，而不知其二，无文的文化。那些无文的大多数人呢？仍然处在板块文化之中。……秦使天下为一国，文化上不能适应。文化是以经济为基础而与政治相应，又内含喜乡音而守乡土的民俗心态，所以分立不断。……文化场是活人的民俗心态力量的集聚，不能任意指挥的。"

再如三位青史留名的人物和他们制定的三条规则，主导了长时间以来中国的民俗文化心态。第一条是孔子提出的忠孝，"君父是一体，所以这二字实是一事，就是忠于一个活人，在家是父，在国是君。这要无条件的，主动的服从，崇拜"。第二条是秦始皇的一统天下，"将孔子常称的'天下'具体化。他的一切言行都是照齐国公羊高对《春秋》第一句中'王'字解说，'大（动词）一统也'。越来越成为绝大多数人的心态。开口闭口'天下'。分裂也不忘'一统'"。第三条是刘邦"杀人者死，伤人及盗抵罪"的约法三章，"这个立法的对等原则是极其重要的，是孔夫子和秦始皇都想不到的。这在中国历史上是破天荒的。这是从家族本位转换为个人本位的第一声呼唤。……孔夫子、秦始皇、汉高祖，'忠''一统天下'、对等'抵罪'（报仇），是不是在中国两千几百年来的民俗心态中根深蒂固？是不是中国的三大神？"

不必再举下去了，以上的例子已足够说明三本小书的内容。"猎疑""独白"也好，"探隐"也罢，甚至他此后写《八股新论》，包括晚年的大量其他文章，都是追问传统文化的内在倾向和民俗心态的不同侧面，寻根究底，触处旁通。这些文章合起来，大体能看出金克木对传统文化的判断和转换的期待。虽然他谦称，"这里的文章很单薄，够不上'深厚的解说'（thick interpretation）"，但思维灵动多变，视野开阔通达，处处予人极大的启发，完全当得起他自己看重的这一提法。

五

金克木对文化"深厚的解说"，1991年之后还有很多，在深度、广度和精确度上都有发展，但关注的核心没变，也就不用再继续举例了，有心人可自行翻看。不过，1990年代完成的"九方子"三篇（《九方子前篇》《九方子后篇》《三访九方子》），化实为虚，正言若反，纵横而谈古今，还是让人忍不住想说上两句。需要预先说明的是，九方子即九方皋，经伯乐推荐为秦穆公寻千里马，相马不看性别颜色，只管能不能日行千里。

三篇文章里，金克木假托奇遇，"记者近来忽然有幸遇见一位高人。他具备超级特异功能，不愿透露姓名，知道我的愿望，为我安排了一次访问"。首次见面，双方没有通常的寒暄，通篇是信息量巨大的问答——或者说是九方子的独白："我说的马的骊黄和牝牡都不对，去的人怎么知道是那匹马？为什么他牵马回来才试出果然是一匹所谓天下之马？""千里马有什么用？秦穆公为什么要找千里马？伯乐为什么又举荐我？他要千里马去干什么？伯乐知道。我也知道。所以韩信也知道。诸葛亮也知道。唯有你不知道，白白过了两千多年。你还是个什么新闻记者，连旧闻都不明白。古时的马你都不懂，还想懂未来的人？未来还要看马，知道不知道？"

再次访问，九方子化身公羊高，并说自己也可以是孙悟空。"九方皋、公羊高、孙悟空本是一个人。这个，你没法懂。你想不到我给秦穆公找的天下之马就是公羊高讲的大一统，也就是孙悟空保唐僧取来的真经。佛经是幌子，掩盖着真经。唐僧回国送给皇帝一本《大唐西域记》，这不是天下吗？孙悟空天宫海底南海西天都到，不比天下还大吗？"这些话已经够奇怪了，但接着，九方子说民人的祖师爷是赵高，待秦二世继位，"你们的祖师爷便把长了角的叫做马了。从此原来叫做鹿的就成为马了。你们现在还有逐鹿中原的说法。那鹿就是我给秦国找到的天下之马"。结合上文，我们是不是可以确定，这正是上面谈到的一种民族心态？

滔滔不绝的九方子，在第三次访问里，谈到了上面提到的一种隐文化："中国有编年的历史书。书里记载，讲的多是好话，做的多是坏事。骑的是马，偏叫做鹿。年年打仗，叫做太平。不懂这个，怎么懂过去那些话，那些事，那些人，又怎么懂得现在，怎么懂得未来？中国人的说法、想法最切近实际，有意把变说成不变。你们不发挥自己的这种长处，使千里马真正再大跃进一步，难道这也要让给外国人，自己只夸耀祖宗？"

不只如此，九方先生还未卜先知，谈到了当代前沿问题，指出了现代千里马的秘密："现代千里马靠的是伏羲老祖宗画的乾坤阴阳二分法，也就是零和一或无和有的算学。可是从零到一之间的路很长，有许多不明不白的中间站。这几年有人把这类东西装进了算学或者你们叫做逻辑的玩艺儿里面，叫做什么模糊数学、模糊逻辑。其实不对，这不是模糊而是让模糊变准确。这玩艺儿钻进了所谓电脑，千里马又增加了功力。可是还差一步没有大跃进，大爆炸。这一步就是要能算出内就是外，鹿是马或马是鹿，零和一可以对换。这才合乎实际。所有计算都是依靠不变，实际上一切都在不停地变。"

三篇九方子我读过多遍，越读越觉有味，很多乍看无法理解的话，仔细分辨起来，几乎都能够以某种方式还原到金克木致力思考的问题上。这些对应就不一一指出了，其间转换的巧妙，有时几乎称得上神行不测。不妨拿记者问现代秦国在哪里举例，九方老先生的回答真是出乎意料："在二十一世纪。这是照你们的说法。美国有个身体。英国剩个脑袋。两个拼凑起来。一个姓邱的给一个姓罗的出主意。这叫'合纵'，对付秦国。西边有个威廉谋划先霸欧洲再打天下。东边有个明治谋划先霸亚洲再打天下。这两个娃娃不懂马。谁能成事，要看谁能找到我。"答案有了，但问题是，秦国究竟在哪里？

《文化的解说》结尾，白发老人在悲观里透露出点儿乐观："不论战争怎样频繁，世界上绝大多数的人心仍然是要求和平的。总有一天和平力量会显出胜过战争力量。也许比二十一世纪还要遥远，但是只要人类存在下去，这力量就会大起来。"三次访问结束的时候，九方子于昂扬里显出忧心："秦王要强好战，现代战争更是比赛千里马的快跑。谁能先看清对方就能先发制人。然而我能使你看错，指鹿为马，那我就能后发制人。你堆积大量破坏物不过是炸毁你自己。你把自己当作了敌人。鹿比马快，可不是马。"那么，未来到底是值得期待还是需要忧心呢？"天上传呼归去也"，善猜谜题的金先生已经驾鹤西去，剩下的问题，需要我们自己来好好思量。

金克木解李约瑟难题

——晚年思路之一种

一

关于"李约瑟难题"或"李约瑟问题"的表述，现在大部分以他本人《东西方的科学与社会》中的一段话为准。文章刊发于 1964 年，距《中国科学技术史》第一卷出版已经过去十三年："大约在 1938 年，我开始酝酿写一部系统、客观、权威的专著，讨论中国文化区的科学、科学思想和技术的历史。当时我认为最重要的问题是：为什么现代科学没有在中国（或印度）文明中发展，而只在欧洲发展出来？不过随着时光的流逝，我终于对中国的科学和社会有所了解，我渐渐认识到还有一个问题至少同样重要，那就是：为什么从公元前 1 世纪到公元 15 世纪，在把人类的自然知识应用于人的实际需要方面，中国文明要比西方文明有效得多？"

文中提到了这一问题的酝酿期，不是 1942 年到中国考察之后，而是 1937 年包括鲁桂珍在内的三个中国学生的到美。鲁桂珍《李约瑟小传》里的一段话，也可以侧面证明这一点："随着他与中国学生的交往，他越来越觉得他们在科学上的理解和智力的敏锐方面并不亚于他，但是为什么现代科学却起源于西方世界呢？后来，他在研究了中国历史之后，又感到诧异：为什么前十四个世纪中国的科学技术远远超过欧洲而后来落后了呢？这些问题都是导致李约瑟写《中国科学技术史》的主要动机。"也就是说，上述问题在1938年已基本成形。不过，虽然李约瑟不断表述，但"李约瑟难题"（the Needham Problem）的最终命名，却要等到1976年美国经济学家肯尼思·博尔丁（Kenneth Boulding）。自此之后，这个说法才广泛传播开来。

文章实际提出了两个相关问题，但因为两问题之间没有完全重合的术语，并不容易合并成一个，但为了陈述的方便，不妨按时间顺序把它们放在一起——以公元15世纪为界，为什么此前中国把自然知识应用于实际需要方面如此有效，却没有在此后发展出普适性的现代科学？不待后来者纷纷猜测，李约瑟已经在文中尝试给出了思考方向："对所有这些问题的回答首先在于不同文明的社会、思想、经济结构。……科学突破只发生在欧洲与文艺复兴时期欧洲在社会、思想、经济等方面的特殊情况有关，而绝不能用中国人的思想缺陷或哲学传统的缺陷来解释。在许多方面，中国传统都比基督教世界观更符合科学。"也就是说，现代科学的出现取决于文艺复兴时期欧洲特殊的社会、思想、经济情况，中国缺乏这些特殊因素，因而没能发展出来。

或许是社会、思想、经济外延太广以至无法简单处理，或许是李约瑟并没有在三方面提出具体的洞见，后来参与解题的人们，虽然多数在方向上与此有关，却很少提到他本人的这一说法。不过，李约瑟的这一思路很早就影响过一个中国人。在《中国官僚政治研究》自序中，王亚南曾讲到这段因缘："一九四三年，英国李约瑟教授（Prof. Needham）因为某种特殊文化使命，曾到那时尚在粤北坪石一代的国立中山大学。我在坪石一个旅馆中同他作过两度长谈。临到分手的时候，他突然提出'中国官僚政治'这个话题，要我从历史与社会方面作一扼要解释。他是一个自然科学者，但他对一般经济史，特别是中国社会经济史，饶有研究兴趣。他提出这样一个话题来，究竟是由他研究中国社会经济史对此发生疑难，或是由于他当时旅游中国各地临时引起的感触，我不曾问个明白，我实在已被这个平素未大留意的问题窘住了。当时虽然以'没有研究，容后研究有得，再来奉告'的话敷衍过去，但此后却随时像有这么一个难题在逼着我去解答。我从此即注意搜集有关这方面的研究资料了。"

照金克木《李约瑟·王亚南·陈寅恪》一文的说法，"王亚南的答复官僚政治问题是基于一个简单的公式：经济决定上层建筑。经济一变革，上层必变革"，正是我们耳熟能详的马克思主义政治经济学思路。王亚南在书中写道："中国社会的长期停滞问题，事实上，无非是中国典型的或特殊的封建组织的长期存续问题；又因为中国特殊的封建组织在政治上是采取集中的、专制的官僚的形态，于是，我们那种特殊封建社会体制的长期存续问题，自始就与专制官僚政治形态保有极其密切的联系。"不知道李约瑟后来是否读到过王亚南的著作，但在前面提到的文章里，他（针对魏特夫的《东方专制主义》）明确说："将所有社会罪恶归咎于官僚制度乃是纯粹的胡说。恰恰相反，官僚制度在各个时代都是组织人类社会的极好工具。不仅如此，倘若人性持久不变，那么在未来的许多个世纪里，官僚制度仍将与我们同在。"

1984年，李约瑟曾为《少年科学》写过一篇文章，题为《CHINA——创造与发明的乐土》，其中有段话，应该可以看成对以上所言的一种补充（或是面对中国读者的特殊表达）："中国经历的是一个官僚政治的封建主义社会，官僚政治在开始时对科学技术起过积极的作用，但最终却阻碍了科技的发展。"金克木的思路，跟王亚南和李约瑟有同有不同，他关注此一问题的核心是："官僚政治不等于官僚作风或专制政体。有政治就有统治。统治包括管理，必定有机构、法规、人，合起来称为制度。机构是硬件，法规是软件，即运行规律。人是能源。没有人，硬件软件都不起作用。政治或统治中的人就是官和僚和吏。除非结束了统治，无政府，无统治，那就必有官、僚、吏。必须区别官、僚、吏，不能含混。……这三种人各有传统，各起各的作用，互相推动又互相制约。……他们决定制度的灵不灵。单说制度，不说人，不够。"

二

对李约瑟难题的解答，除了上面提到的官僚政治制度，还牵扯到中国的地理环境、汉语本身的特征、儒道思想的局限等。由果追因，难免纷纭，弄不好，一只蝴蝶的意外死亡都可能被认为是某种结果的必然因由。就像金克木在《数学花木兰·李约瑟难题》中说的，"对历史问为什么，难有准确答案得到大家公认，因为历史是已经过去的事实，不能重复，无法验证因果关系"。更困难的是，李约瑟问的不是已经发生，而是未曾发生的事。这也就怪不得美国科学史家席文（Nathan Sivin），会在一篇文章里略显促狭地说："提出这个问题，同提出你的名字没有出现在今天报纸第三版上这样的问题是很相似的。它属于一组可以无休止地提下去的问题，因为得不到直接的答案。"让人生疑的是，这样一个看起来有点浅陋的问题，为什么会引起那么多人的兴趣呢？

认真追溯起来，并非李约瑟首先提出类似的问题，从国外来看，利玛窦 15 世纪进中国之后就对此有所察觉，伏尔泰、休谟、狄德罗 18 世纪时都曾于此有过关注。需要特别提到的是，魏特夫（Karl A. Wittfogel）1931 年问世的《中国的经济和社会》中《中国为什么没有产生自然科学》一节，曾对李约瑟产生过非常直接的影响。从中国来说，清末，尤其是辛亥革命之后，相关问题便不断有人提起。下面试着列出几个时间点和作品名称，应该可以大体窥见其时人们的关

注所在：1915年，任鸿隽《说中国无科学之原因》；1922年，冯友兰《为什么中国没有科学——对中国哲学的历史及其后果的一种解释》；1944年，陈立《我国科学不发达原因之心理分析》；1946年，竺可桢《为什么中国古代没有产生自然科学？》……

讨论过程中，不管把原因归为中国古代科学方法的缺失、哲学思想的局限，还是教育方向的错误、政治制度的停滞，有一个问题已经呼之欲出，即"中国近代科学落后原因"——这也正是1982年成都会议讨论此一问题时的主题，并自此掀起李约瑟难题解答的热潮。只要考虑到清末、辛亥革命、抗战时期中国面对的巨大危机，或者1980年代初期中国百废待兴的情势，差不多就可以明白，中国人为什么要从各个方面寻求李约瑟难题的答案了。徐模的《中国与现代科学》刊于1944年，开头部分的一段话，可以部分透露出探讨此问题者面对当时局势的心理状态："为什么中国并不能代替欧洲诸国诞育近代的科学呢？倘若我们知道其中的道理，我们就能明了：何以那个泱泱古国在近日是比较孤立无援、奄奄待毙；而许多半野蛮国家，享受着近代文明的果实，却能耀武扬威跻身于世界巨头之列。"

在中国面临的诸多问题中，科学之所以成为首要对象，是因为科学及与其紧密相关的技术，带来的社会变化太过巨大，几乎成为衡量社会进步或落后的最重要标准。如同冯友兰在上面提及的文章中写到的，"西方的优点，在于其有了近代自然科学。这是西方富强的根源。中国贫弱的根源是中国没有近代自然科学"。或许是因为20世纪上半期过分重视科学的缘故，有学者提出，中国现代思想中存在需要警惕的"唯科学主义"倾向。从这个方向来看，或许不妨说，李约瑟难题或所有相似问题的提出，恰恰是科学重要这一前提下的必然结果。这也就能解释，为什么回应和求解李约瑟难题的文章和观点那么多，只有身为科学家的钱学森提出的问题（"为什么我们的学校总是培养不出杰出人才？"），才成为承接李约瑟难题的"钱学森之问"。

再进一步，在中国语境下，李约瑟难题其实可以转换得更为彻底，那就是，中国近代为什么落后了？这一简单问题的提出和答案寻求，内里包含着人们对并非只是地缘意义上的中国的留恋和担忧——在当时情景下，救亡原本就是比单纯学术重要得多的问题，根本做不到（或许也用不着）"价值中立"。集中阅读跟这一主题相关的文献，不难看出当时身为中国人的内在焦虑。我们甚至可以合理怀疑，李约瑟之所以提出这个问题，也跟他对中国文化的留恋有关："后来我发生了信仰上的皈依（conversion），我深思熟虑地用了这个词，因为颇有点象圣保罗在去大马士革的路上发生的皈依那样。……命运使我以一种特殊的方式皈依到中国文化价值和中国文明这方面来。"

金克木对李约瑟难题的求解，当然没有离开这一留恋和担忧交织的前提。用他自己的说法，儿童时期，他即"从小学所受教育中得出一些问题：为什么中国这样一个文明大国却会受小得多的日本的欺侮呢？"学英文时，他也会想到，"英国人的脑袋这么不通，怎么能把中国人打得上吐下泻？什么地方出了毛病？"少年时期，金克木"背负着'戊戌''辛亥''五四''北伐'四次革命失败的思想感情负担，在一九三〇年，我刚满十八岁，经过上海，由海道到了'故都'北平，也就是北京"。不料仅仅过了一年，"就来了震动全国以至世界的'九一八'。日本侵略者公然占领我们的东三省，要先吞并'满蒙'，进而吞并中国。这比'八国联军'严重得多，真要亡国了，我们要做'亡国奴'了"。这还没完，"随后是'七七'抗战，一九三九年欧战，一九四一年德国攻苏联，日本打美国"。这一忧患局面，既是李约瑟难题产生的现实缘起，也为金克木后来的求解奠定了坚实的情感基础。

三

探究欧洲科学革命发生的原因，不属于李约瑟难题的主要诉求，因此求解的过程中，大部分答案都倾向于从中国寻找原因，仿佛只要找到某个固定的按钮，在现实世界中轻轻按一下，此后中国科学的发展将立刻进入高速轨道。金克木的求解思路，从起始就不太相同，他更注重的是中西之间的比较。写于1986的《文化的解说》中，金克木就显示出比较的意图（中西比较是否也是李约瑟难题的起点？）："明代的城市经济并不比同时的欧洲低，文化也很发达，尤其是民间文化；可是没有出现科学、哲学、艺术的分别突破前人的发展。经济和文化的发展不能是同步的，却是相关的，大致先后相应的。……那么，为什么近代欧洲能有突飞猛进的发展，而明代中国不能呢？"

1980年代末，金克木重视晚明一段，写于1987的《我们的文化难题》中，他进一步表示："在十六世纪以前，中国的科学并不弱于欧洲。正在欧洲开始前进的关头，耶稣会的传教士来到中国。利玛窦等人带来的还是近代以前的科学，同中国的可以合流。可惜没有合成更没有发展。这正在明清之际。这时和以后的欧洲近代科学直到十九世纪后半才打进中国来，而我们自己在这段期间没有和欧洲作同步发展。"在科学方面，其时中国并不弱，"只是从明朝末叶即十七世纪起和欧洲对不上头了。当然这以前彼此也不一样，但难分轩轾；可是这以后中国就有点相形见绌了"。这个时间点，是以16世纪耶稣会传教士进中国为界，那正是中国大规模接受西方科学及文化的先路，可利玛窦们带来的却只是西方近代以前的科学，此后风起云涌的科学进步不与焉。

或许是因为没有找到理想的答案，1990年代起，金克木把比较的时间节点移动，中国前移到了金、元时期，西方则定位到了文艺复兴，连续写出了《金、元旧书新刊》《元代的辉煌》《文化百川汇大都》等。"作为中国文化史的一个时代，元代可以从十三世纪初期到十四世纪中期，正是欧洲'文艺复兴'前夕。这个时期内，中国的社会生活、学术思想、科学技术、文学艺术都开始了巨大变化，直贯明清两代。是不是可以说，现代中国文化变革的底子是从元代开始的？……那时中国在许多方面强过欧洲。例如元代开始实行的授时历（一二八一）准确计算一年的周期，和国际通用的格里历一样，但比欧洲采用格里历（一五八二）早了三百年。为什么我们没有引向'文艺复兴'？"类似的问句，在金克木这一时期的文章中比比皆是，但无论表述得如何复杂，合起来，差不多都可以看成从不同方向提出的李约瑟难题："从十五世纪到十七世纪，欧洲蓬勃发展了，我们衰落了。十七世纪一过，我们赶不上了，剩下了自高自大自以为是。十三世纪建设大都（北京）的能力哪里去了？怎么耗散的？"

应该是出于此前提到的留恋和担忧（有些担忧因为世事的变幻，已经成为当时需要面对的历史或现实），金克木一直在寻求这些问题的答案，随时有不同的思考结果提出。甚至在似真似幻的《孔乙己还乡》中，金克木还假托孔老先生的话，劝人重写文艺复兴史，"不仅讲欧洲，也讲中国的同一时期"，重视两个人和两本书，人是达·芬奇和王阳明，书是《莎士比亚戏剧全集》和《水浒全传》："我提出这二人二书要你写出一本别开生面的世界史。……这是一个新时代的开端，是货物流通兴旺、城市市场繁荣，但农村经济破产，因而思想和文艺改变面貌、原有道德标准遭破坏，要经历多少年的大时代。这种情形，中国外国一样。这是好是坏暂且不论，反正世界所有地方从此门户开放再也关不住了。开门有危险，关门要吃苦。明朝烧海船，设海禁，招来了李自成进北京，满洲兵进山海关。现在有许多问题都是从那时来的。"

不管围绕这个问题思考了多久，涉及的答案有多少，在1999年之前，金克木始终没有为他的解答确定一个精确的时间起点。1999年，金克木读到辛格的《费马大定理》，随后写《数学花木兰·李约瑟难题》，可以看成他最后一次求解李约瑟难题："十五世纪是明朝，这时期中国的科学、技术，或扩大说文化，仍旧照原来的千余年不变的步伐、节奏走，没有巨大激烈的变化。不过是来了欧洲的耶稣会教士，翻译了《几何原本》，改变历法引起纠纷，最后到清初，十七世纪，康熙皇帝向外国人学代数。可是欧洲不同，十五世纪起了空前巨变，和从前大不一样了。所以问题不在中国而在欧洲。不是中国忽然走慢了，而是欧洲突变，有了大跃进的文艺复兴。"这个一盛一衰的分水岭，也就是解答李约瑟难题的精确起点，金克木认为是《费马大定理》中写到的："西方数学的重大转折点出现于一四五三年。"

这一年，土耳其人洗劫了东罗马帝国首都君士坦丁堡，城陷时，学者带着图书馆的残书逃向西方。"原先罗马共和国继承了希腊语文化，后来西罗马帝国是拉丁语文化，现在希腊语文化回来了，还加上阿拉伯语（渗透土耳其语和波斯语）文化和希伯来语（犹太语）文化，形成了多种文化大汇合，发生了激烈的矛盾、冲突、排斥、吸收、转换、变化的情景。……数学，也许可以说是科学的神经，显示出文化的缩微景象。这时期，欧洲人普遍应用了阿拉伯人的记数法，承认了被长期否定的零（印度人发明'用零除'表示无穷大，中国佛经译零为空），学会了阿拉伯人的代数学（欧洲语言里的这个词就是阿拉伯字）等等。（若没有这些就不会有牛顿的微积分和电子计算机了。）现在的高等数学公式里的希腊字母、拉丁字母、阿拉伯数字合用正好鲜明显现出这种文化汇合。……西欧的多种高级文化汇合产生新文化，突出表现在仿佛前锋的数学和文学艺术方面，构成所谓文艺复兴。这就是一四五三年东罗马灭亡的意义。"

找到了这个时间点，许多问题就可以看得清晰了，如2000年写的《蒙族皇帝论法治》所言："十五世纪前后的欧洲文艺复兴期是政治混乱，道德败坏，市场发展，思想开放，文艺界出现新天地，那么，十四世纪的中国正好有同样的情景。阿拉伯人、蒙古人在亚、欧、非三洲相连的大陆上打了几百年的天下，这时东西两头都出现了强烈的效应。全世界的近代、现代开始了。"时间往前走，到明末清初的中国，"秦、汉时期奠基的汉语文化一直以独尊的姿态迈着四方步向前走，外来文化大都是'入境随俗'。从秦到清，没有全面的，只有部分的，类似欧洲的文艺复兴现象。显然，在十五世纪后的这段时期里，在文化方面，中国对欧洲是处于一对多的弱势"。

金克木去世前不久，曾跟一个朋友谈起上面的问题，清楚地点出了其中的关键："任何一种文化，如果没有外来文化的冲击、影响和补充，是难以产生革命性变异的。"或许，这就是他解李约瑟难题的核心收获，虽然算不上石破天惊，但足以当得起执拗的提醒。现在，距金克木离开这个世界也已经过去了二十多年，不同文化的互相冲击和多样交流仍在不断进行，甚至引发了更多、更深入也更复杂的问题，有心人会在李约瑟难题的发展演变和金克木的求解过程中，看到些什么呢？上帝造不出只有一头的棍子，没有人真的栖身孤岛——"过去是未来的镜子。别人是自己的影子。"

附录

尘灰里的大作

——关于《甘地论》

　　1935 年，二十三岁的金克木发表他的"开笔文"《为载道辩》，矛头直指周作人《中国新文学的源流》。文章先具体分析了"言志"和"载道"两个词的内涵，进而将周作人及其弟子的文章分剖解析，认为他们也没有完全做到毫不"载道"的"言志"，并在最后推论出极端"言志"的悖谬，从而"为载道辩"。文中指出，周作人认识世界的方式是"自其不变者而观之"，这思路好像到现在也没有引起周作人研究者的充分注意。针锋相对的论辩，展示了金克木的锐气，而对周作人具体主张的细致入微分析，也隐现出金克木此后文章的端倪。

　　其时，金克木大约是做着一个学者梦的，但日本烧向中国的连天烽火毁了他的梦想。他不得不于 1937 年逃离北京，先在长沙过了一段居无定所的日子，后来到香港任《立报》国际新闻版编辑，1939 年又在湖南的中学和大学分别教英语和法语。1941 年，经友人周达夫介绍，金克木到印度加尔各答，任中文《印度日报》编辑。因机缘巧合和对知识的热爱，金克木很快学会了印地语和梵文，并对印度的状况形成了自己独到的见解。不得不行的万里路和自觉读到的万卷书，让金克木的造诣很快于《为载道辩》的水平上出，格局和水准都高阔了许多。这里要说的，是金克木三十岁时写的一本小书——《甘地论》。

《甘地论》作于1942年，美学出版社1943年3月出版，署名止默。较此后版本，此版收入翻译的《建设方案之意义与地位》，并有《甘地致蒋委员长函》《甘地致美国人民函》及《甘地致日本人民函》三附录。这一初版本有后记，后来出版时均予删除，只保留部分摘录。

文章中，金克木首先解释对甘地"不抵抗主义"的误解。他清楚地指出，把甘地的主张称为"不抵抗主义"很不准确，正确的说法应该是"不害主义"。"甘地所主张者并无主义之名，只是古印度的信条之一，这个古梵字Ahimsa照英译改为中文，可称'非暴力'。但在佛教小乘说一切有部的七十五法中有此一法，真谛玄奘二师皆译为'不害'。……这运动虽称为'消极抵抗'，意义却是积极的。其古梵字Satyagraha的名称，依我们古译，应为'谛持'或'谛执'。谛者真理，持者坚持，即坚持真理之意。"从这里出发，金克木认为，甘地"以至柔克至刚"，恰是大勇的表现。甘地的作为建立在对印度自身确切认识的基础上，是针对具体问题做出的具体回应，确信"不害主义比暴力主义好得不知多少倍，宽恕比惩罚更显得有丈夫气"。

1983 年，经历了更多世事的金克木在《略论甘地在南非早期政治思想》中重提甘地的"不害主义"，重申"不害主义"不是弱者的被动准则，而是强者的主动选择："甘地在《南非》书中专写一章论'坚持真理'不是'消极抵抗'。他说人家都认为'消极抵抗'是无武器的弱者的武器，暗含着有了武器就会改变的意思，因此这名称不能再用下去。他说'坚持真理'是强者的'灵魂力量'，自认为弱者就不能用，所以不论有无武器都一样。"

结论部分，金克木联系甘地的行动，对他的思想做了进一步的说明："甘地作为思想家，应当从言行双方考察其思想。因为他的语言不是一般能照字面理解的，必须联系行动。……从他的言论以及他自己认为的思想来看，他显然是将宇宙究竟归之于精神；可是从他的行动所显示的指导思想来看，他是周密考察客观条件及变化规律并作出预测然后制定决策的，并且对转变关键和预兆信息有惊人的敏感。因此，可以说他的思想体系及核心是西方的，英国式的，而他的思想化为行动时却是东方的，印度式的。这样外东方而内西方，似乎矛盾不可解，也许是东方哲学不同于西方哲学的一个重大差别，在东方哲学传统中这类矛盾没有什么不可解，甚至是平常的。"可以说，甘地是一个富有具体感的领袖，而金克木这种建立在"理解之同情"基础上的分析，使分析丝丝入扣，也充分表明了他出色的具体感。

怀特海《科学与近代世界》中有一段话，非常有意味：

"这种空间化是把具体的事实，在非常抽象的逻辑机构下表现出来了。这里面有一个错误。但这仅是把抽象误认为实际的偶然错误而已。这就是我们说的'实际性误置的谬误'的例子。这种谬误在哲学中引起了很大的混乱。"有人把"实际性误置的谬误"（fallacy of misplaced concreteness）翻译为"错置具体感的谬误"，并解释说，"一个东西本身有其特殊性：它不是这个，也不是那个；它就是它。它有本身的特性；但，如果把它放错了地方，我们却觉得它的特殊性被误解，给予我们的具体感也就不是与它的特性有关了。换句话说，它本来没有这个特性，但因为它被放错了地方，我们却觉得它有这个特性"。金克木的文章很好地避免了具体感的错置，因而清晰准确。这个特点，在金克木 1980 年代中期以后的文章中，表现得更加突出。不妨拿《秋菊·戴震》做个例子。

文章从电影《秋菊打官司》入手，联想到作者幼年时认识的名叫秋菊的女子。这个现实生活中的秋菊，有冤说不出口，不明不白地"暴症"而亡，因此让他心潮起伏。晚上，作者做了个梦，梦里的人物，是清代大学者戴震。戴震之所以"托梦"，是要对围绕他的《水经注》案作个说明，也就是他校的《水经注》是不是抄了赵一清。

话题得从胡适说起。从 1943 年 11 月到 1962 年辞世，胡适最主要的学术研究工作就是重审《水经注》案，后世的胡适研究者也围绕这桩公案做足了功夫。大多数人的眼光，主要局限在戴是不是"袭"了赵上，言人人殊，说法颇为纷纭。金克木却没有把重点放在这里，而是用戴震自述的形式，还原了当时的政治文化环境。戴震的辩护从全祖望开始。全祖望忘不了自己的先世，辑先朝史事不能上体圣心，受贬放了知县。因为不到任，所以从此不做官。"全祖望校《水经注》，赵一清接着他校成功了。两人都是浙江人。省里呈上校本要入四库。这怎么能容得？非压在下面不可。"

就是在这种情况下，戴震经纪晓岚推荐、皇帝恩准，开始校《水经注》。短短的"自述"，澄清了围绕《水经注》案的种种问题。之所以出现各种猜测，是因为，"后人读全、赵校本竟以后世目光窥测，不明前代因由，加罪于我，责我吞没"。戴震的"冤案"是后人"错置具体感"造成的。还原了具体感，戴震的"冤案"得到平反，而我们对那个时代的认识也就深入了一层。

鲁迅在《病后杂谈之余》中说过："清朝的考据家有人说过，'明人好刻古书而古书亡'，因为他们妄行校改。我以为这之后，则清人纂修《四库全书》而古书亡，因为他们变乱旧式，删改原文。"细绎文心，不难发现，鲁迅和金克木对前代的认识有异曲同工之妙。略微有些可惜的是，许多人对金克木的这篇文章未读或忽视，仍然围绕是不是戴袭赵的问题挥墨如雨。正是在这种情势下，金克木这种知人论世、在具体社会景况中理解前人的态度，尤其值得我们注意。

还是把话题回到《甘地论》。金克木写这本小书，是因为"那时太平洋大战爆发，印度在中国成为热门话题，而老甘地又以'反战'罪名入狱。我便写了一些对话说明事实真相是印度人要求独立，要求英国交出政权，并澄清对所谓'甘地主义'的误会"。此为小册子的现实针对性之一。这本小书潜在的现实针对性，则是中国当时的抗战。书中不断提及，中国和印度在很多方面相似，可以互相理解彼此对待战争的态度："无论就历史文化上溯几千年或只限于当前的实际情形，我们都很容易懂得印度。……讲古，我们可以深谈历史，你有《吠陀》与《奥义书》，我有诗书与周秦诸子，你读《薄伽梵歌》，我读《大学》《论语》。还不必谈你们早就没有了的佛教，因为那一方面你还得请教中国。讲今，我看把我国现代的有些问题，只换几个人名就可以映射印度。"

金克木这种对不同文化相似性的关注，正是他关注现实的反映。读印度古书的金克木，并没有忘记祖国的现实。我们更关心的，是金克木在这里体现出的对古书的态度，说得明确些，是金克木对古书体现的现实感的关系。写于1983年的《略论甘地之死》，或许可以让我们更容易理解这个问题。

在《略论甘地之死》中，金克木通过对甘地和刺杀者戈德塞（Nathuram Vinayak Godse）的文化考察，认为戈德塞"以参加甘地领导的政治活动开始政治生活，以刺死甘地为结束，而行刺时对甘地仍表敬意。这几乎可以说是'大义灭亲'，而照他的说法则正是实行甘地所提倡的圣典《薄伽梵歌》（神歌）的教导。对同一经典的截然不同理解，这才说明了这两个印度教徒的根本不同是各代表了印度文化传统的一条路线"。古老的信仰在当时的印度萌发了新的意义，那些看似古老玄虚的理论就此有了切实的作用。

这正是金克木的一贯思路。在《探古新痕》前记中，金克木说，"所读之书虽出于古而实存于今，就是传统。断而不传的不能算传统。所以这里说的古同时是今"。也就是说，金克木从来没有就古代论古代，就古书论古书，他讨论的古代人物和书，都有很强的现代关联。他关注的，正是古代跟现在的极大相关度。离开了对当代的关注和传统在当代的反映，那些古代就只是孤零零的古代，是已死的而不是鲜活的。

去世前不久，金克木在《印度文化余论》的引言中说："文化思想的历史变化是不受个人意志强迫转移的，也不听从帝王、教主的任意指挥。该断的续不上，不该断的砍不倒。有时出现老招牌、旧商标下卖新货，有时出现老古董换上超新面貌，加上超新包装。"有此认识，金克木采取了"自其变者而观之"和"自其不变者而引申之"的方式，因而读活了古书，也让我们更多地认识了自己。那么，自称读书经验只有"少、懒、忘"的金克木，是怎样把古书读活的呢？

"古人有个说法叫'读书得间'，大概是说读出字里行间的微言大义，于无字处看出字来。其实行间的空白还是由字句来的；若没有字，行间空白也没有了。"我们不妨把这个方法，称作金克木的"得间读书法"。有了这一读书法，金克木在书的世界里可谓游刃有余，一会儿西洋，一会儿东洋，一会儿中国；今天讲有文的书本，明天谈无文的文化；《春秋》的微言大义看得懂，卢梭的《爱弥尔》也能读出"哥白尼革命"式的意义。言不尽意，举一段金克木读《礼记》的例子吧：

书　夫礼者，所以定亲疏，决嫌疑，别同异，定是
　　非也。
人　我明白了。这句话的第一点是民法，第二点是
　　刑法，第三点包括国籍法、移民法，第四点连
　　"法哲学"都有了。思想很现代化呀。
书　爱而知其恶。憎而知其善。
人　了不起！这不是兵法的"知己知彼"，避免片
　　面性吗？情人、夫妻之间若遵这条礼，大概离
　　婚率可以降低吧？
书　鹦鹉能言，不离飞鸟。猩猩能言，不离禽兽。
人　这里有大文章。"言"不能决定本身性质归属。
　　只会说好听的话不能算数。
书　礼尚往来。往而不来非礼也，来而不往亦非礼
　　也。
人　这是国际准则也是人际习惯吧？

　　这样解下来，看起来繁琐沉闷的《礼记》也鲜活如新
发于硎。更有意思的是，金克木并没有限于读轮扁所谓的古
人之糟粕，他要"读书·读人·读物"："我读过的书远没有
听过的话多，因此我以为我的一点知识还是从听人说话来的
多。"最难的是读物，"我听过的话还没有我见过的东西多。
我从那些东西也学了不少。……物比人、比书都难读，它不

会说话；不过它很可靠，假古董也是真东西"。"物是书，符号也是书，人也是书，有字的和无字的也都是书。"

金克木这种破掉壁垒的读书方法，大有古人"万物皆备于我"的气概，较之"生死书丛里"的读书者，境界要阔大得多。钱锺书力倡"东海西海，心理攸同；南学北学，道术未裂"，意在沟通东西，打通南北，要人能"通"。金克木在这里也提倡一种有意味的通。"读书·读物·读人"的"通"与锺书君的东西南北之"通"是一是二？颇值得我们好好思量。

这篇文章原只想谈谈《甘地论》，没想到拉拉扯扯说了这许多。下面是这本小册子的出版情况：1943年3月在印钞票的重庆印制厂排印、出书。后来收在冷僻的《梵竺庐集·天竺诗文》（江西教育出版社1999年9月版）中，只印了一千五百册。就此，这本小书几乎被埋没了。

仿佛明暗山

——《明暗山——金克木谈古今》代序

　　我曾编过一本金克木的《"书读完了"》，编完后，觉得意犹未尽，就在隔了段时间之后编出了这本《明暗山——金克木谈古今》。稿件全部编讫，已经是凌晨一点多钟了。我躺在床上，照例胡思乱想，有时高兴，偶尔失落。

　　忽然间发现自己走在一条路上。看天色，应该是东方鱼肚白的时候。周围只偶尔有几个人影，或前或后地走着。路旁古木参天，一位老人穿着藏青色中山服，手持拐杖，戴一副黑框眼镜，一边抬头看着天空，一边慢慢往前走。我略一端详，认出是金克木，就疾步向前，来到老先生面前。

　　还没等我问好，老先生就转过身对着我，开口说道：你编过《"书读完了"》，还要再编一本《明暗山——金克木谈古今》，对我极尽刨根问底之能事，究竟想做什么？难道要把我打碎弄乱，重新编排出一个精神 DNA？我已是古旧人物，退出了历史舞台，难道你非要拉我进入现在的话语"系统"，让我成为朋友圈的话题、新时尚的符号？

我熟悉老先生的这种语调，笑笑说：我赶不上活话题，跟不上新时尚，编你的书只是因为喜欢。你虽自称"古旧"，无奈历史并不让你"退出"，所以只好强你所难，陪着我们这些新而旧的人再走一程。我也无法探测到你的精神DNA，倒像是剪径的强盗，行的是精神绑票之实。

金先生笑了：这话虚实参半。你心里想的是，这个老头故意"遮蔽"，我偏要给他"解蔽"。你虽说是对我精神绑票，还不是拿我的文章管你自己的"心猿意马"，学禅宗"牧牛"？我在《挂剑空垄》①前言里说，季札把自己的佩剑挂在徐国国君坟墓边的树上，是以心传心，挂剑不过是符号。你对我施行精神绑架，是不是也想加入这个符号序列？

我笑而不答。金先生继续说：我是个杂家，做过的事一件又一件，学过的外文一种又一种，弄过的学问一门又一门，但我向来"少、懒、忘"，知其大略，写过小文，也就另起炉灶了。古印度神话里说，环绕可见世界的大山，一边光明，另一边黑暗，因此叫做"明暗山"，正像我翻译过的迦梨陀娑的诗句里说的："光明又黑暗，仿佛明暗山。"你用这个做书名，是说我的文章暧昧难明，还是要说我的思想有什么"体系"？

我答："体系"是个西方词吧？我弄不懂，跟我的"模糊思维"也格格不入，倒是"明暗山"看起来雄沉博大，我很喜欢这个味道，并且……我把这本书编为三个部分，是为了把你涉及文化的文章归为一个"结构"。我不敢说什么

---

① 《挂剑空垄》，新旧诗集。

"牧牛","以心传心",不过是学着你的方法,对你的书"看相""望气"。

金先生一笑:我知道了,你想"以我观我",用的方法是"瓮中捉鳖",让我不高兴也没话说。但我生平喜欢猜谜,让我来猜猜你这么编的目的如何?

说着,不等我开口,金先生已经顾自说了下去:第一辑取名"比较文化",是用我出版过的《比较文化论集》来命名。从目录来看,你是要把我写的关于中西文化的文章抽出来。

我点点头,又摇摇头,说道:"比较文化"主要收入的是你解说欧美文化进入后的思想情形的文章,而把解说佛经的文章算在第二部分,那篇《传统思想文献寻根》就是。这一辑命名唯一的问题是,好像没有照应副标题中的"古今",倒好像是说的"中外"……

金先生晃晃脑袋:中国大量吸取外来文化有两次,一次是佛教进来,一次是欧美文化进来。佛教的传入,我们虽然有大量的翻译,但进来得太晚,彼此各自成形,格格不入,思想难得通气。这种情况下,我们不免以己解人。谈古今难免说中外,这个倒也不必矛盾。

我接口道:以己解人的结果有两种,一种是完全排斥,一种是跟原有的文化结合,另创出一种新思想。我们古代的三教合一,是不是吸收融合的结果?既然已经吸收融合了,那经吸收的佛教思想就应该算我们传统思想的一部分。你说印度文化跟希腊丝丝入扣而跟中国古代不甚通气,要是吸收融合的气魄和胸襟也算文化的一种,我们是不是跟印度和希腊另有一种通气的方法？"同类不比"，要是印度和希腊跟我们相同，我们比什么？真正的比较是不是要互相发明，彼此点亮对方？

金老挥了挥手杖，说：同和异各有判断的标准，说同说异要看双方说话的立足点和对象。如果我讲"人间世"，你谈"逍遥游"，我们的看法当然不同。世间没有"只有一头的棍子"，所以你对我的"解构"也可以说是另外一个"结构"。

我凝目金老的手杖，道：说到结构，我在编这部分时觉得有点遗憾，因为你讲的西方，主要是与宗教相关和启蒙时代以来的人和事，古希腊罗马的部分讲得太少。这让我觉得"结构"上有个缺陷，实在没法弥补。

金老接口道：曾国藩把自己的书斋命为"求阙斋"，难道你非要对我求全责备？你既然知道"格式塔"，为什么不自己去"完形"？

我猜到金老的问号原是祈使，就笑着，等他说下去。

果然，金老踱了几步，狡黠地看着我，说：但你仍有讨巧的嫌疑，我写佛经的有些文章你放弃不选，是因为已经选在《"书读完了"》中吧？你不重复选文，是不是要表明你编的两本书各有侧重？

我笑了笑，说：我可不想把两本书"捆绑推销"。不同的书各有不同的读者，现在是"买方市场"的时代，大家自可任意选择。

金先生微微一笑，顾自说了下去：谈到"比较"就不能不知道自己，你选的第二辑应该是取我谈中国文化的一部分文章。辑名叫"旧学新知",取自我出版的《旧学新知集》。

我说：起这个名字固然跟《旧学新知集》有关，还因为你的《探古新痕》《蜗角古今谈》这些书名都蕴含着"古""今""新""旧"的问题。用你的话，所谈之书虽出于古而实存于今，所有对"过去"的解说都出于"现在"，而且都引向"未来"。所谓"旧学"原不妨看做"新知"，所谓"新知"说不定仍是"旧学"。

金老又笑了：你用的方法是把我的文章当成密码箱，然后把我说的一些你认为是"关键"的话作为开锁的密码。但你的密码未必是我的，我的密码也难说是你的。你即使打开了密码箱，也不能断定就是我的一个。

我说：你说过，有两种读书法，一是读出词句以内的意义，一是读出词句以外的意义。两者都是解说文义，但前者的意义是"发现"，后者的意义是"还原"，这不就是说有两套不同的读书解码系统？

金老微一点头，说：这两种读书法清代称为汉学和宋学，其实在汉代经学的今文、古文两派中已经存在。两种方法都能从旧文章读出新意思，但"发现"不易，"还原"更难。现在学术界是不是仍在"发现"和"还原"？

我接过话头：据说，"发现"和"还原"的人都不愿让对方独擅胜场，因此互相争胜。这说不定正是学问进步的原因？

金先生一挥手，没有理我的话：要知道新意思，其实仍可以读旧文章。如果旧文章跟不上新时代，没有"发现"和

"还原"的价值，那说明这文章已经进入"死且朽"的行列，应该搭上"末班车"[①]，赶快离开才是。

我接道：这些文章中有几篇写到"八股"。这"八股"倒是一种"死且不朽"的现象。我们这代人已经跟"八股"的写作和应用全不相干了，我选这些文章干什么？

金老哈哈大笑，说：我平生几乎没参加过什么考试，你是要考考我吗？其实在这几篇文章的"评曰"中，我已经"一语道破"，似乎不必重复。倒是这几篇文章放的位置，我猜你是为了接应下一辑。"八股"既属有文，又牵扯到无文，你把这几篇放在末尾，为的是编选时有个"转、承"关系，写好这篇"八股"，好体现你的"文心"。

我还没来得及说话，金老接着说：第三辑你取名"无文探隐"，也是取我出版过的一本小册子《无文探隐》的名字做辑名。"无文"的意思我说过，其实还是跟"比较文化"有关，我因为老想"破文化之谜"，所以在解说了近代中西文化的交流碰撞以后，还在不停地"文化猎疑"[②]，最后不免追到中国人对外选择的取舍标准，因此就想知道一般中国人或者说大多数中国人的心理状态。但中国人的多数向来不识字或者识字很少或者识字而不大读书，所以我试着从非民间的文化查出民间的，从少数识字的人查出他们所受的多数不识字的人的心态影响。

我接道：谈文献，你把古今中外的书筛选到只有很少的

---

① 《末班车》，随笔集。

② 《文化猎疑》，随笔集。

几本。谈心态，你是不是要查出影响我们心态的最重要的几条？这是不是《易经》倡导的"易简"？

金老一笑：你说《易经》，谈"易简"，是在查我的心理状态？

我冲金老笑笑，回到"无文"话题："无文探隐"其实也是你提倡的"读书得间"的一个应用，不过是从书里的空白读到了书外的空白，方式也从探"显"转为索"隐"。当然，"显"和"隐"只是方便的区分，并不代表两者互不关联。三辑合起来，我是不是可以说，中西相较、新旧相关、有无相生，各有其光明与黑暗，这不正就是"明暗山"？

金老手杖没有点地，又往前走了几步，说：你编的是你的，我写的自是我的。不管是我写的还是你编的，虽然求的是"得间"，弄不好就把自己搞得晕头转向，堕入思想的"无间道"。我们在蜗牛角上谈古今，哪用这么认真？

我说道：你又开始清扫你说的话了，但我还有一个问题要问，你不要急着去搭车。我在集子的最后选了一篇《学"六壬"》，本是记你学"六壬"的过程，因为讲的是占卜，算得上是"无文的文化"，可你却说这是一种思维训练，按照一种可变程序在实习计算，推算，考察，判断，并由此上溯到黄河流域的《易经》，引出印度河流域的《波你尼经》和地中海地区的《几何原本》，似乎从无文又到了有文，还扯上了中外的古今，你是不是要提醒我们……

话音未落，金先生横握着手杖，早就走出很远了。我醒来，只见一缕阳光从窗户斜射进来——已经是清晨时光了。

读《金克木集》随札

写《读书·读人·读物——金克木编年录》的过程中，经常翻阅《金克木集》，偶有触动，即将原文过录，并附感想。积久了，也有不小的篇幅。将其中几个相对集中的题目辑撰成文后，还有一些很重要的问题可以探究，但心劳力拙，难以完篇。本拟就此放手，但再读一遍，觉抄录文字中，多富洞见，随风弃之可惜，因删繁就简，草此随札，以为备忘。

一

《百年投影：一八九八——一九九七》中，金克木称小时候生长在"冷漠的旧式家庭"。读《旧巢痕》，颇觉有怨怼之义，出人意料。亲人之间，疏远会造成冷漠，密切会演为专制，分寸颇难把握。孩子觉得父母对自己好，其实很多时候只是因为他们善藏喜怒。某些时候，不满会流露出来，至亲之间也在所难免，尤其会让人感觉到巨大的落差。

《旧巢痕》第二十三回"评"："到老来，孤独寂寞合而为一，加上行动不便，感觉不灵，心思迟缓。他人看来是享清福，自己心中不过是寂寞而已。都市是喧嚣的沙漠，人不能静下来，极力奔忙跳跃一刻不停。一静下来，立刻孤独寂寞之感就会袭来。"我们关注的往往是长寿者的经验和幸运，常常会忘记这些老人因为记忆太多，感受到的痛苦也就更多。平日他们用理智克制着内心的孤独和痛苦，在某些场合却会表现出来。

大哥对三哥的问题，三哥对金克木的问题，在《旧巢痕》中略一提及，《难忘的影子》中也有涉及，晚年也曾对人说起，三次所言并不相同。或许不用追问某一说法更对，而是在不同场合，不同情形下，人就是这样确信的。人在不同的思维层次中，在不同的精神状况下，对事情的认知和反应是不同的，不妨把这些合起来看成一个整体的人。一个人，其实也是"不定的二"（indefinite dyad），有阴阳两端。或者如斯特林所说，"之间才是唯一的诚实之所（Between is the only honest place to be.）"。人是"动物与超人之间的绳索"。

凡是以情感对之的事，都难免有偏颇和不满。——"纯想即飞，纯情即堕"，情感未经理性被除，始终难得纯净。

我们有时候感叹某些人年老临终时人性的可贵，其实非常可能是特定的人终生修持的结果。

"看书不必拘泥于商标。问题不等于分类招牌。在真假之间看得通者也是看通了世人世情者。"此句或可作为《旧巢痕》评价。

旧巢倾覆，鸦片与赌博实为之。加上女性缠小脚，是金克木最厌恶的三件事。《小人物·小文章》："我从小见了便恶心的第一是裹小脚，第二是抽鸦片，第三是打麻将。对于小脚的憎恨到老年也丝毫没有缓和。这种感情甚至移到了高跟鞋。"

二

《孔乙己外传》中的"化尘残影"，包括其他怀念友人的文章，也是回忆旧事，感觉却更为清澈，或许是因为站在反思的立场上，仿佛已把诸种怨怼消化干净，只一个人的成长做了主角。这是写作的必然，还是缺点？或者，哪种写作是更值得欣赏的？

《难忘的影子》又是一样神态，金克木似乎记起了少年时期的种种青涩，有青春飞扬之前积极的顿挫之感。女性在这本书里，也开始脱离郁郁不舒的样子，有了自己的风采。

《难忘的影子》里，金克木很多是按照自己后来的认识处理问题的，并非当时的直观感受。所以重要的是反思，并不一定是当时的认知。

《难忘的影子》记杨景梅离开北平，临别赠言："你要确定学一样什么。总要有专门；不能总是什么都学，没有专攻。至于做什么，我看你做什么都好，学什么都可以学好，只是要学一样。"徐梵澄曾劝人学有专攻。施蛰存对人言，要有一样东西，是别人问不倒的。此或为老一辈之共识。

《保险朋友》和几篇与女友相关的文章，非常有意思。其中的情分和情形，理论语言说不清，分析也分析不出所以然，似乎只能用这种叙事方式来写，既记事，同时分析自己的心态，那些在断然的文体分类中会被截去的东西，那些有漏有余的部分，一点点显示出来。

金克木对童年和少年时的回忆，有很多时间可能错位两三年甚至三五年。记忆含糊，难免如此。不过，大部分回忆对应着对现实的关心，有些轻微的改动也可能是故意的，是针对写作当时的一种提示。

童年和少年时期，《编年录》可多用金克木回忆的事，少杂议论，以见其成长过程。开始写作之后，《编年录》可结合童年少年时代的情形，对各文提要，不离事言理。或可相应格林之说："作家在童年和青少年时观察世界，一辈子只有一次。而他整个写作生涯，就是努力用大家共有的庞大公共世界，来解说他的私人世界。"

<h2 style="text-align:center">三</h2>

1978年前后开始重新写作，主要是印度文化方面的文章，有心得，少发挥，点到为止，限于专业。1984年的《艺术科学丛谈》，重新吸收西方新学，组合进自己此前丰富的思想体系。《旧学新知集》开始突破专业限制。应该是在这一时期，一生经历开始浮现，也注意到了写作方式，即按一种特殊的成长小说来写。既识来路，方有写法。因此《旧巢痕》《难忘的影子》《天竺旧事》虽名回忆，实是学习指导，也是教育反思。1986年之后完成吸收过程，文章变化，思路也为之一变，因此提出"文化的解说"，开始对中西思想追根溯源。文化问题引发对无文的文化的好奇，因此探究"无文的文化"。

金克木曾设想把1984年前后的三本小书（《艺术科学丛谈》《燕口拾泥》《燕啄春泥》）编为《燕口谈艺》（"《燕口谈艺》里的文章是八十年代中期的产物，是摸索中的足迹。我写下来的话就是我走过的路。路不必再走，书是不是可以再出？"），如此，则可把《旧巢痕》《难忘的影子》《天竺旧事》放在这一阶段一起讨论。这是一个长期大底，旧学加新知，并反复思考人生和学问，此后的写作面貌一新。

叶稚珊《十年寂寞金克木》中谓，临终，"他还正在亲自将怀人的文章选编成集，书名已经拟好：《云天望故人》"。则随笔杂文之类，仍可有编排方式。此前已编好新旧诗集《挂剑空垄》、语在虚实之间的《孔乙己外传：小说集附评》，加上这里提到的《云天望故人》，如再加上谈学类的一组，那些晚年看起来散碎的篇章，大体已形成结构（Gestalt）。因此，《金克木集》或许可以有一种按他理想情形编排的方式。

可以设想编一本《金克木心经》，将其最精粹的文章结为一集，可以反复阅读。尝试编选篇目为：《读书·读人·读物》《"书读完了"》《谈读书和"格式塔"》，总体讨论读书法；《传统思想文献寻根》《"古文新选"随想》《〈心经〉现代一解》，给出要读之书总体目录结构并提要；《如是我闻——访金克木教授》《学"六壬"》《九方子》，结合自身虚实经历谈读书。

金克木的三种主要学问：梵佛之学（回到具体），文化的解说（追根溯源），无文探隐（文化与世俗之间）。从欧洲语言追拉丁希腊，从梵文追印度文化，从汉语有文追无文。或者可以这样表述：预流（新诗，拉丁文，印度），建国后的经历（耶稣手上的钉痕），再预流（回忆和反省，并学新知），融会贯通（《读书·读人·读物》《"书读完了"》《谈读书和"格式塔"》），文化内在结构探索——有文与无文。

四

金克木并非幼承家训、饱读诗书、矜持创作的人。从写作的起步阶段，他就是边学边写，有所得，无论大小，都可以写成文章发表。这样的好处是没有架子，随时可以动笔，坏处是有时候会写得泛滥，意思有重复。但就是在这样的情境中成立自己，精华糟粕是一体，用不着于此表现洁癖。一个人最终是由他最好的那些东西标志的。施蛰存曾对张文江言，"写文章，应该从小文章写起"。此为老一辈卖文为生而来的经验之谈？

为"当时"所需，金克木没有把自己的文章弄成与世隔绝的弃世巨著，而是每每根据当时的社会情形发为文章。当然，偶尔会付出过时的代价，但这应该是他预料到的。没有预料到的或许是，他这些文章，当时也没有引起多大注意。当时不注意是因为文章超前，此后不注意是因为后来者的自负（或者无知），而其中披沙拣金剩下的部分，足见其卓越

（即使过时的部分里，也有不过时的东西）。相比起来，很多人的著作似乎不太跟时代有关，脱离了当时影响绝大多数几乎可以说是全部的时代氛围，把自己的时和空都孤悬在特殊的领域——万世或艺术，但也因为如此，作品再好，也缺少一些与人心最重要的衔接，虽然可能漂亮得无以复加。

《谈读书心理学》："诸葛亮和司马懿同样拥兵在外，彼此心照不宣，都是心中有个曹操的影子。曹操心里有王莽和董卓。他们都想不到后来的李世民和赵匡胤的方式。清初多尔衮答史可法的信中的论调恐怕是那以前的开国之君没有提过的。不但当事人和记录的人是这样，作注解的人如何晏、皇侃、朱熹也是这样。我们也是一样，现在脱离不了二十世纪末到二十一世纪初这一时代。"论述人与时代的关系，连通古今，并非俗常所谓"客观性"。

金克木写文章，不但写出结论，同时把思考的过程也写出来了。有意思的是，因为这过程伴随着对具体的思考，所以思考的过程并非不重要，甚至会成为一篇文章的关键。

现代学术的一个方向，就是可以把任何材料都变成论文，而不辨材料本身的粗精。这一方向造成的后果是，普通材料也可以组成某种说得过去甚至是精彩或"原创"的论点，但这个论点只在学术上完成了竞争，对人心和人世可能并无多大益处。也因此，那些对人心和人世有益的特殊作品，在论述过程中被取消了最精华的成分，解散成了材料，从而实现了"学术平等"。长此以往，我们或将重归于"没有经书的民族"。

金克木对所谈之事有非常丰富细腻的感受，或可称为"精微的具体感"。在这个方向上，金克木越转越深。或许可以换个说法，这也是一种"为己"之道，细心体会每一种文化的"为己"方式。这才是学问，否则不过是皮相之谈，或者学术生产。写金克木，不妨试着打破学术专制，还"为己之学"之路。

金克木的理论文章，通常是"只作解说，不作评价"（《泰戈尔的〈什么是艺术〉和〈吉檀迦利〉试解》），这不单是一种策略，也是一种方法。深入的解说比笼统的评价重要。

五

《比较文化论集》自序："总是想追本溯源，看现代外国的所谓文明是怎么来的。我认为日本是学习西方的，所以要从西方追上去，从英、法、德、美、俄等一直上追到罗马、希腊，同时在中国也从当代一些知名人士的著作上追到往古。"《梵竺庐集》前言也言及此意。这是金克木很长一段时间的思路，甚至说贯彻终生也不为过。对印度文化，也是这样追根溯源。起点应该是傅斯年的一番谈话，终于追到"无文的文化"。

《论〈梨俱吠陀〉的阎摩和阎蜜对话诗》："社会是复杂的，我们不能以有限的较少数受过高深教育的人在文献中表达的思想作为全社会的思想，对今对古都是如此。"这大概是"读书·读人·读物"的理论化表达，也是提出"无文的文化"的先声。

《古诗三解》分析"有所思，乃在大海南"诗。"这种急促跳跃的发展不会是直叙事实，而是表现心理活动，可说是类似所谓'意识流'吧。但这是不是也有乐舞需要的原因呢？（可参照后来的词曲。）是作者抒写自己内心活动吗？在这样心情之下，一个女子当时还有心作诗？说是本人事后追忆不如说是他人代拟。这是拟出的有现实依据的一个虚的世界。"《印度哲学思想史设想》："《吠陀》社会中的人的结构可说有三个部分。一是专门从事采集、狩猎、游牧、耕种、纺织、制作工具和武器的人，是直接生产者。以后社会分工发展，这部分专业生产者由种种来源分化成为两部分，其中一部分的社会地位降低，成为另一种人。二是能用武器保卫本族并掠夺他族财富的男性，是另一类的'生产者'。三是会用巫术一类的方式掌握自然和人事的变化的人。有这种知识的人掌握了由现实和想象构成的虚的世界，将巫术、科学、艺术等知识同实际行为结合在一起。他们能运用语言和法术来描述、支配并预告这个虚的世界的变化。他们成为又一种特殊的'生产者'。《吠陀》就是他们中的一些家族口头创作并流传、结集的。这是他们用自己语言作出的虚的世界的'知识'。对于这个虚的世界的探究与现实生活有关，是当时大家共同关心的主题。"——"虚的世界"的提法很有意思。这个虚的世界始终跟现实有关。沿着这一思路，可以做种种解说。比较这提法与虚构的关系，或者两者本就是一体。

《论〈梨俱吠陀〉的阎摩和阎蜜对话诗》："传说本身不能作为史料，有传说内容的文学作品也不是直接史料，但是有了其他史料印证，文学作为历史的曲折反映，不但对了解历史有帮助，本身也可以由此得到较清楚的理解。"——"从飞沙、麦浪、波纹里看出了风的姿态"？这个意思，是否可以说明陈寅恪"诗史互证"的合理性？

《三谈比较文化》："韩愈是善于'扬弃'的，他的哲学体系经过晚唐、五代，在几个政权并存的宋代完成了，经过了蒙古族统治的元朝大帝国以后成为明清两代承认的'道统'。汉代知识分子是儒生加方士，以后又经过长期变化，知识分子成了儒生加道士加和尚。'西游演了是封神'，三教合一，《红楼梦》里也一样。文化是一般人的，他们心里明白得很。"——此段是否可以作为陈寅恪《论韩愈》一文的旁证？"退之发起光大唐代古文运动，卒开后来赵宋新儒学新古文运动，史证明确，则不容置疑者也"，说的就是上面的意思？金克木很多文章里有陈寅恪的影子。

六

金克木关注天文学的起因，《遗憾》中云因看《相对论ABC》，《译匠天缘》则云起因于读沙玄观星文章。后一说法似更为可能。沙玄即赵宋庆（1903—1965）笔名，又有笔名赵辜怀，曾任教于复旦大学中文系。传奇人物，有天文学论文，有翻译。

当年与金克木一起观星者，有侯硕之、于道源、沈仲章等。另有一位"喻君"，遍查不获。

金克木早年的诗倾向于理智，即便是自己的经历，也要理性通过了才写。但理性只是人思维方式的一种，等历尽劫波，金克木能从容面对自己的各种情感了，才有他后来的几首诗（《寄所思》《晚霞》等），包括《保险朋友》《遥寄莫愁湖》这类文章。

《新诗·旧俗》应是金克木谈新诗的重要作品，从早年极为重视现代诗的现代特点（比如理性），转为对更为深入和广泛的民俗心态的勘察。

比较起来，金克木的旧诗较新诗更有味道，虽有破格，仍显纯正。这应该不只是语言问题，写古诗更能控制表达情感的方式和分寸？

正因为金克木每每深入具体，因此他后来会怀疑，差别如此之大的人和社会，为什么能够互相理解和沟通？这背后有没有沟通的潜在模式？或许，这就是后来"无文探隐"的动因？

金克木很少使用生僻材料，而是从习见的材料出发，引申出深入的问题，从而涉及更广泛的层面。

金克木讲课少用讲义，因为对所讲之课，都摸索过经络，可以连成一片，不待讲义而后可。

写文章，要么是写一件事，原原本本，是第一手材料，不加工不乱发挥（复述，道听途说，添油加醋，基本没有用处），要么是洞见。除此之外，多是废话。

记人的文章，万不可泛泛而谈，要记人物特殊的言行举动，真有一言可立，即可流传。泛泛而谈，惹人生厌。

作编年录类似翻译，偷不得懒，讨不得巧，也以此见出自己的水平有限。

七

《台词·潜台词》："英国十九世纪作家盖斯凯尔夫人在她的小说《克兰福镇》中说过：'她自己心中有数，我们心中也有数，她知道我们心中有数，我们也明知她知道我们心中有数。'这下面应当还有一句话，作者没有说出来：'不过大家都不说出来罢了。'"

《小辫子老头》引西塞罗《老年》："每个人都希求活到老年，但他们又怨恨老年的到来。"又引法国俗语："假如青年人能知道啊！假如老年人能做到啊！"

《古代印度唯物主义哲学管窥》："印度逻辑一般承认认识的可靠来源（'量'pramāṇa）有四种，各派有增减，但基本相同：一是由感觉所得（'现量'pratyakṣa）。二是由推理而来（'比量'anumāna）；推理方式的正误，各派自有说法，但有共同守则以便辩论。三是依靠类推（'譬喻量'upamāna）。四是依据'圣言'（'圣言量'śabda, āptavacana）。当然各派所尊经典不同。"另有一处提到，前弥曼差分"量"为六：现，比，圣言，譬喻，又准，无体。

《略论印度美学思想》："佛经及其他教派文献中有关于造像的资料说，造神像之前要在心中先有完美的神像，虔信神在面前。神秘主义教派经典《阿笈摩》中说：'应先成神再祭神。'"参《无执之道：埃克哈特神学思想研究》："无执的上帝所创造的一切，没有一样是少于或低于他自己的。"坡菲利《普罗提诺的生平和著作顺序》记学生让普罗提诺去参观庙宇，普罗提诺言："应该他们来见我，而不是我去见他们。"

代后记
剑宗读书法猜测
——从《"书读完了"》谈起

金克木是谁？

今天要谈到我编的一本书，《"书读完了"》，作者是金克木。在谈书之前，先来说说金克木的大致生平。

金克木，祖籍安徽寿县，1912 年生于江西万载县，父亲为清朝最末一代县官。金克木出生不久，父亲即去世，他随嫡母、母亲和大嫂不断搬迁，于动荡中完成了最早的教育。1920 年，金克木随三哥入安徽寿县第一小学，1925 年毕业后，从私塾陈夫子受传统训练两年，即读书作文的实用技巧。此后曾任教于小学，于同事处接受时代消息。1929 年，入凤阳男子第五中学，备考得高中籍，半年后学校停课，自此再未正式入学。这一时期的教育，既有旧式背诵和实用训练，也有传统知识结构提示，更兼各种当时尚属摸索阶段的新式课堂，金克木深被新旧两个时代的风雨侵染。

1930 年，金克木离家至北平，因无缘得进正规大学，只能勉力游学，徘徊于高等学府之间，进出于各种大大小小的图书馆。在此期间，金克木泛览书刊，自学外语，广交朋友，在切磋琢磨中眼界大开。1932 年底，曾短暂离开北平，至山东德县师范讲习所任教，半年后返回。1935 年，经朋友介绍至北京大学图书馆任职，得师友指点，获无言之教，有了深思而来的学习心得。这一阶段，金克木开始各类文体写作，并从事翻译，是他文字生涯的肇端。1937 年，抗战烽火燃起，金克木坐末班火车匆忙逃离北平。

此后，金克木流徙各地，1938 年到香港任《立报》国际新闻编辑，1939 年始执教于湖南省立桃源女子中学和湖南大学，1941 年至印度加尔各答中文报纸《印度日报》任编辑，1943 年辞职，于佛教圣地鹿野苑随憍赏弥老人钻研印度古典。不得不然的行万里路，自知自觉的读万卷书，加之得遇既熟悉印度经典又具备国际视野的大师指点，金克木学会了梵文、巴利文，见识了国际学术前沿，在实践中形成了独特的读书和思考方式。1946 年，遍历山川人文的金克木迫于家事，翔而后集，归国奉母。

回国之初，金克木受聘为武汉大学哲学系教授，1948 年起任北京大学东方语言文化系教授。此后的三十年，金克木虽有"预流"之志和扎实准备，终因种种原因未能在国际学术领域崭露头角。至 1970 年代末，金克木重新大量读书，熟悉因故中断的国际前沿学术，反身自少至老的所历所思所学，思接古今，视通中西，开始了写作上最多产也最出色的一个时段。自此至去世的 2000 年，金克木陆续出版了《印度文化论集》《比较文化论集》《旧学新知集》《蜗角古今谈》《孔乙己外传》《风烛灰》《印度古诗选》《古代印度文艺理论文选》《摩诃婆罗多插话选》等著译，部分得展平生之才。

以上只是一个大致的介绍，详细讲起来更丰富复杂，值得深思的地方很多，后面也会讲到一些细节。十五六年前，因为受益于金克木的文章，我就特别想把金先生的著作跟大家分享。当时金先生的书出得很散碎，很多书只印了很少的册数，还分散在各种不同的出版社，搜集很困难，我就想编一本书，把精彩的文章收进来，因此就编了这本《"书读完了"》。

书分三辑。第一辑：《"书读完了"》，主要讲的是读什么书的问题，其中一些文章示范了某些书的读法。第二辑：《福尔摩斯·读书得间》，谈的是怎么读书的问题。一种是福尔摩斯读书法，不管看到什么书，都仿佛像福尔摩斯判断一个案件，里边妙趣横生；另一个方法是"读书得间"，就是琢磨作者文章里没有说出的话是什么。第三辑：《读书·读人·读物》。在金先生看来，读人也是一种读书；读物，这个"物"是指各种各样具体的东西，也是读书的一种。这一辑讲书本跟现实世界的关系，是一种更开阔的读书方式。

读什么书？

我们先来看第一个问题，要读哪些书？古今中外有无数的书籍，即使我们每一刻都在读书，也是读不完的。面对这么多书，应该怎么选择？这就有了读什么书的问题。比如说，如果我们喜欢《红楼梦》，那么光是研究《红楼梦》的书，两三年甚至三四年的时间都不一定读得完。有时候我们读了很多研究《红楼梦》的书，但《红楼梦》本身却还没有读。遇到这种情况怎么办？金克木说的是，要读不依傍其他书，而其他书都依傍它们的书，不管是中国还是西方，都有这样的书。上面说的《红楼梦》，就是这样的书。金克木在《"书读完了"》一文中举了一些例子，比如说西方的有《圣经》，不读《圣经》，我们几乎很难读懂西方公元以后的书。哲学方面，有柏拉图、亚里士多德、笛卡尔、狄德罗、培根、贝克莱、康德、黑格尔。文学作品，则有荷马、但丁、莎士比亚、歌德、巴尔扎克、托尔斯泰、《堂吉诃德》等等。这些书就是基础的书，如果不读这些书，读再多的当代作品，都不知道西方文化的演进路线是什么。

除了西方的书，我们还要读中国的书，有哪些呢？按照前面的原则，这些书应该包括《诗》《书》《易》《左传》《礼记》《论语》《孟子》《荀子》《老子》《庄子》。这么看的话，几乎全是先秦的书。如果不了解这些书，恐怕连《红楼梦》《牡丹亭》里很文雅的玩笑都看不懂。这是经书序列。历史方面，要读《史记》《资治通鉴》，加上《续资治通鉴》《文献通考》。如果读文学书，可以读《文选》。这样，文史哲的书都有了。

这就是金克木《"书读完了"》这篇文章的主要内容，强调读不依傍其他书，而其他书都依傍它们的书。从这个方向来看，好像书真的是读得完的。基础的书看了以后，我们就大体有了对一个文化的总体性了解。可能需要强调的是，这只是一个方法，背后是认真和敏锐的思考，并非泛泛翻检过这些书，没有独特的心得，就算是读过了。

在《"书读完了"》这篇文章里，金先生只说了纯属中国的书，其实还有一部分书对中国来说是很重要的，但它并不是源自中国，那就是佛教文献。我们大概很想知道金先生怎么看待汉译佛教文献问题。这里可以提供两篇文章，一篇叫《谈谈汉译佛教文献》，一篇叫《怎样读汉译佛典》。在这两篇文章中，金先生提纲挈领，指出了汉译佛教的重要经典。这些经典其实也可以说并非完全是印度的，因为跟中国文化结合得非常紧密。如果想更全面了解印度的文化，可以看金先生的《梵竺庐集》，里面有翻译，有解说，有对印度更加复杂的思想状态的介绍。

怎么读书？

照上面的思路，读经典好像很简单似的，也就那么几十种，假以时日是读得玩的。可是，那些书都像压缩食品，凝聚着无数代人的心血，消化起来有很大难度。那这些书怎么读呢？这就要提到书的整体和结构。

什么是书的整体和结构？刚才的书目，包括古今中外无数的书，都有一个整体的框架。比如读《老子》《论语》《金刚经》这三本书，如果我们没有一个整体框架，就会把它们看成三本单独的书，可是如果我们脑子里有一个整体框架，就会知道这分别是道家的、儒家的和佛家的经典，这样我们就等于有了一个整体的概念，会知道一本书在整体里哪个位置上。

晚清时，很多人在做必读书目和书目答问，大概就是要给后来的学习者一个整体性的书的范围，让一个人知道自己读的书是在怎样的整体中，这个整体在一个什么结构范围内。如果不知道一本书所属的整体，东看一本，西看一本，这样读书，表面的信息的获得没什么问题，可对稍微深入的学习，就显得不够了。

其实不论是中国的，西方的，印度的，任何一个经典丰富的文化系统，书都是有整体的，有着自己的特殊结构。知道这个整体结构，就知道自己所读的书在哪个位置上，在什么方向上。

金克木有一篇文章，《传统思想文献寻根》，把中国文化传统中一些非常重要的书做了一个梳理，形成了一个结构，这个结构就是金克木认知中国文化的方式之一。在这个整体中，金克木列出的汉语原典，包括《周易》《老子》《尚书》《春秋》《毛诗》《论语》；然后是佛教的经典，包括《法华经》《华严经》《楞伽经》《金刚经》《心经》《维摩诘所说经》。

属于中国传统的书里，金克木认为，《周易》是整体里的体，《老子》是这个整体中的用，《尚书》是记言，《春秋》是记行，《诗经》是讲情，《论语》是讲理。也就是说，这六本书里包含了一个文化整体的体、用、言、行、情、理，涉及了为人处世的方方面面。属于佛教的部分，从印度传入中国，经中国文化消化的这部分书，《法华经》讲信，《华严经》讲修，《楞伽经》讲解，《金刚经》讲悟，《心经》讲秘，《维摩诘经》讲显，也是一个整体。

这十二本书，勾勒出了中国传统文化的一个结构。有了这十二本书的大致定位，我们就可以知道每本经典在谈什么问题。在文章里，金先生还大体说了每本书是什么类型的，用什么方式读比较合适，是非常有意思的设想。

这样把经典划分出整体和结构来以后，我们看到某一本经典的时候，就知道这本书在整体中的位置，为什么是这种说话方式。比如，《论语》为什么是问答的形式？因为它是"用"，一定要结合实际，在实际中归纳出理，不能脱离实际，必须具体事实具体对待。

不光这篇《传统思想文献寻根》，金先生的《文体四边形》《文化三型·中国四学》等，其实都在谈论书的整体和结构。包括这些书是如何形成的，它们怎么走到了今天，对今天的学习有何用处，我们怎么来读这些书等。

金克木的文章，从来不只是为了完成什么学术指标，也不是为了显示自己才高八斗、学富五车。他几乎所有的文章，都要把自己认识到的经典的美和好传达给我们，包括他讲读哪些书、讲书的整体和结构，都是在实现这一目标，希望未来的人可以好好读这些书。

如何实践？

上面谈到金克木提倡的读书方法，那么他自己到底是怎么读书的？他讲的这些，自己是怎么实践的？从几个故事开始。

1938年，金克木二十六岁，他去香港谋生，朋友介绍他去见在香港办报纸的萨空了。萨空了看他手上拿了一本英文书，就跟他说，你晚上来帮我翻译外电吧，金克木就去了。晚上，通讯社陆续来了电讯，金克木就陆续译出来，快到半夜的时候，萨空了来了，看一下，提笔就编。第二天萨空了实在忙不过来，就让金克木连翻译带编辑，把这一版国际新闻给处理掉。后来金克木就向别人学习怎么编校、怎么发排，学习电文陆续来的时候迅速判断哪些新闻是重要的，是否值得编。

金克木的一个朋友，叫沈仲章，是北大物理系的，还学过音乐，当年跟刘半农在语音学乐律实验室工作，从小就会英文，后来又学了七八种外语，也会很多少数民族语言。沈仲章跟金克木说，我脑子不行，只能学外语，因为学外语不用脑子。金克木当时惊呆了，但这句话后来对他启发很大，他从此知道费脑子的是语言学，而不是学语言，学语言不用费脑子，轻松愉快。他后来用什么外语就学什么，用得着就学，不用就忘，要用再捡起来。

还有一件事。金克木在印度的时候，跟一个教授一起校勘一本书。教授面前放的是藏文，金克木面前放的是玄奘的汉译本，梵文本放在桌子中间。开始，两人轮流读照片上的梵文，读完再看各自的译本。不久金克木熟悉了梵文的文体和用语，也熟悉了玄奘的翻译特点。有一次，教授念出了一句话的前半句，金克木随口照着玄奘的译文还原出了下半句，和梵文一字不差。这样，他们的校勘速度大大提高。两个人每天只能工作一个小时，可不到三个月就把书校完了。这种把一个事儿正着做，然后又倒着做的方式，是金克木经常使用的。

这些故事引出了金克木自己的读书和学习方式，并不是非得把一切都准备好才开始读书。来了一本书，完全没有准备，就开始看。然后思考我怎么跟这本书产生关系，怎么深入地读这本书，有没有什么快速的方式来进入。

这么说有点抽象，很多人会觉得不太形象。那就另外讲一个故事，1936 年，金克木到南京，陪一个女性朋友去莫愁湖玩。湖里有一条独桨小船，划船的人问他们会不会划船。女孩子说会，两个人就到了船上。可是到了船上以后，女孩子说自己并不会划船，金克木试了一下，船不停地在湖上打转，就是不往前走。这时候金克木很生气，可是看到女孩子笑了，他也就不好意思生气了，就专心研究起船怎么划。他发现，独桨船因为没有舵，没法把握方向，因此桨既起动力的作用，又起调整方向的作用。把这个原理想清楚，金克木就试验了几下，慢慢地就会划船了。

这故事讲的虽然是划船，可是用在读书上，也是一样的。我们并非生来就会读书，因此才需要读书。因此，拿到一本书不要畏难，也不要觉着这本书读不下去，而是尝试想个方法，这样练习多了，可能就会摸索出一条属于自己的读书路线来。

剑宗读书法

说到摸索出一条自己的读书路线，给自己找到读某一本书的方式，正是今天我们要说的所谓"剑宗读书法"。"剑宗读书法"其实是个比方。读过《笑傲江湖》的人都知道，华山派有气宗和剑宗，气宗就是所有的基础都打好，再开始练高层次的剑术。比如说先练紫霞神功，练到第八层，才能练什么剑法。剑宗的认知完全不同，哪里会有人等到你打好所有的基础，任何实战几乎都是一次未知，只好把自己的眼光练得无比锐利，在任何实战里，发现对方的漏洞，上来就是一剑。不是先设想有基础的剑法，而是在具体里处理自己的所学，这跟传统的教育方式非常不同。

刚才讲到金克木在香港翻译外电，我们看他写得很轻松，两天一过就可以编整版报纸，但细想一下就知道，对一个没有在报社工作过的人来说，这是一件多么艰难的事情。可是金克木摸索出了一种方式，觉得自己可以做。在他看来，一个人如果想学会读书，可以有一个本事，就是图书馆员和报纸编辑的本事，这本事是一眼看过去就能够看出一个整体来。

金克木当过图书馆的管理员。从前在图书馆工作的人没有电子计算机，书放在架上，一眼望过去，可以看见很多书，就得从望过去的这一眼看到纸墨、版型、字体、版本、新旧。金克木把这种方法叫做"望气"，望一眼，就能看出书的气象来。过去的报社里，编辑管得宽，又要抢时间，要和别的报纸竞争，发稿截稿都有时间。有时候很多新闻稿件忽然涌来，人紧张无比，必须要有一个总体判断。整个报纸的情况要知道，还要知道不同新闻的重要程度，也来不及请示批准，只能自己拿主意，明白怎么做才是最好的。人们管这叫"新闻眼"，也叫新闻嗅觉或者编辑头脑。

不妨说，阅读就是不断学习阅读的过程。为什么这么说？我们仿佛觉得，只要读书就是阅读，其实并非如此，我们要不断地学习阅读。在这个过程中，我们阅读的方式变化了，阅读的水平就提高了，对书的理解都变化了。这就是阅读就是不断学习阅读的过程的意思，其实也是我们经常讲的，"在游泳中学会游泳"。

我们从金克木谈读书可以看到，不管是图书馆员的望气，还是报纸编辑的新闻眼或者新闻嗅觉，其实都是一眼看到整体，然后做出判断。人根本来不及把每条信息完全审定，然后再来做决定。我们大部分时候都是在信息不完善的情况下作出判断的，因此所谓的"剑宗读书法"，其实就是说，没有人能够把什么都准备好才开始读书。我们不得不先知道自己要读哪些书，知道书的整体和结构，然后蹒跚着走进书的世界，一点点摸索出属于自己的读书方法。

在这个过程中，我们要学会看书的相、望书的气，练出上眼就能看到书的整体结构的本事，找出真的进入一本书的方式。这就是我说的"剑宗读书法"，也是今天跟大家交流的主要内容。

图书在版编目（CIP）数据

剑宗读书法：金克木的习学之道 / 黄德海著 . -- 北京：作家出版社，2022.9
ISBN 978 - 7 - 5212 - 1944 - 9

Ⅰ. ①剑… Ⅱ. ①黄… Ⅲ. ①随笔 - 作品集 - 中国 - 当代 Ⅳ. ①I267.1

中国版本图书馆 CIP 数据核字（2022）第 116429 号

剑宗读书法：金克木的习学之道

作　　者：黄德海
责任编辑：李宏伟
装帧设计：合和工作室
出版发行：作家出版社有限公司
社　　址：北京农展馆南里 10 号　　　邮　　编：100125
电话传真：86 - 10 - 65067186（发行中心及邮购部）
　　　　　 86 - 10 - 65004079（总编室）
E - mail: zuojia@zuojia. net. cn
http: // www.zuojiachubanshe.com
印　　刷：三河市紫恒印装有限公司
成品尺寸：130 × 185
字　　数：157 千
印　　张：7.75
版　　次：2022 年 9 月第 1 版
印　　次：2022 年 9 月第 1 次印刷
ISBN 978 - 7 - 5212 - 1944 - 9
定　　价：50.00 元